타 타 가 타
(TATHAGATA)

실상연구원총서 3

깨달은 자의 명언 모음집

타타가타

TA
THA
GA
TA

이삼한 지음
최준권 엮음

자유문고

머리말

사실 속에 있는 이치理致를 깨닫고, 세상에 존재하는 진리眞理를 보고, 교훈이 되는 내용을 정리한 것이 명언名言이다. 경험을 통하여 알았다고 해도, 이치에 맞지 않으면 사람들에게 교훈이 될 수 없다. 자기의 생각과 책을 읽고 남의 생각을 정리한 사상은, 사람들의 편견을 갖게 할 수 있고 의식을 어둡게 만든다.

진실한 자이며 진리를 말하는 자이고, 있는 것을 있는 그대로 보는 자이며, 거짓을 말하지 않는 자, 지혜의 눈을 가진 스승께서 이 땅에 오셔서 말씀하신 자연의 가르침의 내용이 최고의 가르침이며 진짜 명언이다.

독자들이 이 명언들을 읽고 삶에 보탬이 되고 깨달음이 있었으면 좋겠다.

2023년 3월
엮은이 원덕

그 뿌리는 더러운 진흙 속에 묻혀 있고,
그 줄기는 차가운 물 속에 잠겨 있도다.
그 잎은 비와 바람을 만나야 하니
그 꽃은 꿀도 향기도 없이 피었도다.

1

삶에 대하여

삶은 생명生命을 지키고 이어가는 길(道)이며,
세상을 있게 하는 길을 말한다.

삶의 목적은 자신을 축복하고 남을 축복하기 위해서 사는
것이다

삶은 삶을 얻기 위해서는, 지혜와 건강과 노력으로 행복을
자기 속에 받아들여야 한다.

삶은 인생을 이끌어 가고, 만들며, 그 인생을 통해서 미래가
존재한다.

삶 속에 길이 있기에 인간은 열심히 살아야 하며, 삶 속에 자
기의 앞날이 존재한다.

삶의 목적을 모른다면, 생활 속에 있는 일에 대한 가치관을 다르게 정해야 하니 항상 배우고 깨닫기 위해 노력하라!

자기 자신에게 있었던 일이 자기의 삶을 지배하기에, 삶이 힘들고 어렵더라도 평생을 두고 후회할 행동을 하지 말라!

삶은 중요한 것이니, 너희는 자기에게 도전하라! 모든 문제는 자기에게 있으며, 스스로 풀 수 있는 것들이다.

오늘날 사람들은 살아가면서 자기가 무슨 일을 원하고 있는지, 문제를 잊어버리고 살고 있다. 자기가 어떠한 목표를 위해서 삶의 목적의식을 찾아야 한다.

삶 속에 있는 일이 미래에 자신의 운명을 결정하니, 미래에 자신을 세상에 존재하게 하는 것은, 자기 속에 지어진 인연으로 결정된다.

과거의 삶 속의 일이 자기 속에 쌓여서, 새로운 생명의 근원이 되기 때문에, 삶을 중요하게 생각해야 한다.

삶을 소중하게 생각해야 한다. 현세에 와서 삶을 아무렇게나 살아서 부실한 자기의 근본을 만들어 놓고 죽으면, 내세에 태어나서도 근본이 부실하고 어렵게 살게 된다.

삶은 항상 힘든 것이다. 이 힘든 과정에서 행복과 평화와 축복을 갈구하는 것이 삶이니, 있던 일이나 있는 일을 보고, 옳고 그름을 찾아야 한다.

삶은 끝없는 미래의 운명과 연결되고 있기에, 하루를 산다해도 소중하게 살아야 한다.

삶에 대한 무관심이 사회를 더욱 어둡고 불행하게 만들고있으니, 인간 사회의 힘을 뭉칠 수 있는 것은 진실이다.

〰

삶의 활동을 통해서 자기 속에 있는 업業을 태워버리면, 열 반涅槃에 이르는 이곳이 영원한 생명의 세계이다.

〰

사람들은 삶을 잊고 살기 때문에, 온갖 부를 쌓아놓고도 괴로워한다. 삶이란 자기의 앞길을 개척하는 길이다.

〰

삶의 활동으로 깨달아서 영생의 세계에 이르면, 미래의 세계로 자기의 생명을 가지고 갈 수가 있다.

〰

삶을 통하여 얻을 수 있는 가장 큰 축복은 깨달음이며, 깨달음으로 자신의 그릇됨과 어리석음을 해결할 수 있다.

〰

삶의 도道는 어떻게 살아야 할 것인지 하는 문제에서 시작되며, 인생은 삶으로부터 그 결실을 얻게 된다.

자기의 삶에 신경을 써야 하며, 애착과 오욕에 빠져서 일생을 허비하면 자기 삶을 잃어버린다.

삶의 목적은 자신의 앞날을 개척하는 길이며, 인생을 통하여 좋은 자기를 이루어야 한다.

삶은 과거를 통해서 왔고, 과거에 인간적인 근본과 바탕이 있었기 때문에 인간으로 올 수 있었다.

사람들은 자신 속에 자기를 가지고 있으며, 현재의 삶은 과거의 생生에서 만들어진 것들이고, 과거의 생활 속에 있던 것들이 현재의 자신 속에서 영향을 미치고 있다.

너희가 삶을 잊고 산다면, 그 자체가 무의미한 것이지만, 삶은 끝없는 자기를 존재하게 하는 길이다.

삶은 새로운 삶을 얻는 길이거늘, 너희는 길이 없는 어둠 속에 빠지기를 스스로 자청하지 말라!

사람이 태어나서 한평생을 통해서 겪게 되는 과정과 경험하게 되는 한 생애를 인생이라 말한다.

인생을 모르고 살아가는 것은, 아무도 가꾸지 않는 나무에서 좋은 열매가 열리기를 기대하는 것과 같다.

진정 무엇을 위하여 사는 것이 바람직하며, 죽음과도 바꿀 수 있는 가치를 지닌 것인지를 항상 사유하라!

살면서 중요하게 여기고 잊지 말아야 할 일은, 자기가 한 일이 자기 속에 있는 모든 결실의 원인이 된다는 것이다.

삶은 온갖 일을 자기 속에서 일어나게 하고, 삶 속에 있는 일은 끝없는 자신의 미래를 만들어 가고 있으며, 인생은 끝없는 자신을 낳는 길이다.

항상 있는 일을 관찰하고 비추어서 자기가 하는 일이, 어떤 결실을 가져오는 일인지를 알아보아야 한다.

삶을 통해서 자신에게 나타나는 나쁜 짐이 있다면, 그 짐을 벗고 새로운 자기로 태어나서 밝고 아름답고 행복한 미래를 자신에게 있게 하는 길을 얻어야 성공한 삶이다.

삶의 일을 아는 것은 큰 축복이며, 어떻게 살면 좋은 결과를 얻을 것이라는 뜻을 알면, 자기에게 매우 충실할 수 있다.

세상의 모든 생명체는 자기를 위해서 사는 것이며, 현상은 기운을 만들어 내고 삶을 통해서 새로운 자기를 만든다.

자기의 삶 속에 존재하는 밝은 마음으로, 밝는 영혼의 길을 이루는 것이 좋은 삶의 길이다.

삶을 열심히 살다 죽어서 슬퍼하지 않고 죽음을 평안하게 받아들이고, 의식 자체를 놓아 버리면 바로 부활한다.

삶의 목적은 소망을 이루고자 하는 노력이다. 자기 생명 속에 있는 일을 제대로 알고, 끝없는 생명을 통해서 자신을 살아가는 길을 얻기 위해서 깨달음이 중요하다.

죽음의 과정에서 그 기운 자체가 영체 속에 있던 기운이 가지고 있는 순도나 성질에 의해서 삶의 결과는 달라진다.

사람답게 사는 것은 거짓말 안 하고 열심히 일하고 살면, 훌륭한 사람이라고 대접받을 수 있다.

남을 속이지 않고, 속지도 않고 사는 것이 좋은 삶이다.

어떤 사람이라도 인생에 대하여 제대로 알고 있게 되면 잘못된 길로 가지 않는다.

왜 살아야 하는지 삶 속에는 어떤 일들이 존재하는지를 알지 못하면 삶은 무의미하다.

이 삶을 통해서 자신에게 어떤 일이 존재할 것인지 확인하고 알게 될 때, 일이 재미있고, 처리하는 능력이 뛰어나게 된다.

농부가 농사일을 배우지 않고 종교의 이름으로 기도만 하면, 농부의 밭에서 좋은 수확을 얻을 수 있겠느냐?

인간세계에 온갖 거짓과 위선과 시비와 잡음이 끊일 날이 없는 것은, 아무런 목적 없이 어떻게 살아야 할지 모르는 사람들의 삶으로 인하여 생기게 되는 현상들이다.

좋고 나쁜 모든 것을 대하고 보니, 거기에도 가르침이 있으며, 세상의 일이란 농사일과 같다.

만물은 은혜를 지니고 있으며, 내가 가꾸니 항상 내가 필요한 것을 얻게 된다. 모든 일을 알고 정성껏 하게 되면, 거기에 알맞은 결과가 자기에게 돌아오게 되어 있다.

너희가 항상 생각해야 할 것은, 자신이 왜 살아야 하는지, 문제에 대한 해답을 얻는 것이다.

인생을 통해서 너희가 바라는 최고의 인간으로 날 수도 있고, 너희가 바라지 않는 불행한 자신을 낳을 수도 있다.

세상의 일을 아는 것은, 세상을 얻는 것이고 인생을 아는 것
은 자신을 얻는 것이다.

삶 속에 길이 있기에 인간은 열심히 살아서, 자기의 앞날이
존재하게 해야 한다.

너희가 좋은 마음과 아름다운 활동을 통해서 좋은 자기를
얻는 것도 중요하지만, 근면하고 검소하고 정직함을 통해서
자기의 삶을 이루는 것도 중요하다.

사람들이 자기의 삶을 자신에게서 의지하고 찾으려 하지 않
고, 다른 대상으로부터 얻으려고 하니, 이러한 원인은 매우
나쁜 결과를 가져온다.

인생을 아는 것은 매우 중요하고, 세상을 다 준다 해도 자기
인생만은 못하다.

자기가 없으면 세상이 있어도 소용이 없으니, 자신을 위해서 세상이 중요한 것이다.

인간은 태어날 때부터 정신과 재산과 주변의 환경과 지혜를 모두 가지지 않기에, 노력과 깨달음으로 이루어야 한다.

삶의 목적이 없는 사람들은 결국 무책임하게 살게 되며, 자기 스스로가 자기 삶을 돌보지 않고, 어떤 종교나 신에게서 얻으려고 어리석은 짓을 한다.

훌륭한 사람이 되고자 하면, 깨달음을 통해서 있는 일을 보고, 있는 일을 통해서 자기를 보살피고, 자기를 성공하게 해서 더 나은 길로 인도하는 삶을 사는 것이다.

인생을 소홀히 생각하고 인생을 아무렇게나 생각한다면 자기의 모든 미래를 포기하는 것과 같다.

인생을 아는 것은 어떻게 살아야 할 것인지를 아는 것이며,
너희가 사는 목적은 좋은 삶을 개척하는 것이다.

2

엽과 운명에 대하여

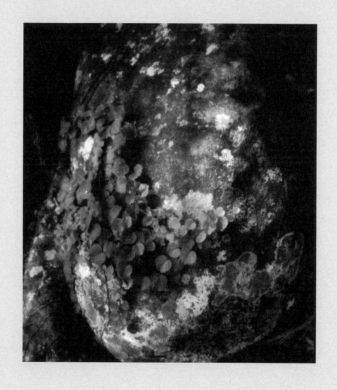

운명運命이 나쁜 사람은,
자신의 운명을 버리고
좋은 사람의 운명을 따라가면 좋아진다.

사람은 끊임없이 자신의 운명을 짓고 있나니, 운명의 주인
은 자신이다.

～

자기의 운명은 스스로 개척하는 것이고, 믿음과 소망과 노
력이 모든 것을 이루게 할 것이다.

～

운명은 태어나고 죽는 것이 근본이지만, 마음은 환경으로
인해서 마음이 깨어나고 만들어지며, 의식이 마음을 나게
하고 마음이 행동을 나게 한다.

～

행동이 마음을 만들고 행동은 다시 의식을 만들며, 깨달으
면 좋은 자기를 만들어서 좋은 운명을 만들 수 있다.

운명은 자기에게 있었던 일이 쌓이고 쌓인 일이 활동을 통해서 똑같은 일이 존재하게 하는 일을 말한다.

운명은 자기가 지은 업보業報에 의해서 정해지고, 절대 누가 와서 도와주지 않으며, 이 세상은 있는 것에 의해서 있는 뜻으로 만들어진다.

자신에게 이로운 일을 하는 것은 공덕이라 말할 수 있고, 자신에게 해가 되는 일을 하는 것은 업業이라 말한다.

업은 자기에게 생각과 판단과 어떤 운명적인 결정을 내보내는 힘을 말하고, 한恨은 자기가 자기 마음속에 간직하고 있었던 풀지 못한 짐을 말한다.

보약은 항상 먹기가 힘들고, 마약은 끊기가 어렵다.

운명이 한번 지어진 것은 스스로 없어지지 않고, 자기 속에 존재하게 되며 자신이 가지고 있는 원인 때문에 생긴다.

한 번 잘못을 저질러서 끝나지 않고 업이 쌓이면, 그때부터가 잘못된 운명의 시작이다.

어떤 인연을 받아들이고 자신 속에서 활동하는지에 따라서, 지어지는 운명이 다르다. 세상에 존재하고 있는 일의 진실을 알게 되면 누구든지 자신의 운명을 바꿀 수 있다.

자기의 잘못을 알아서 그것을 거부하고, 좋은 운명을 가진 자의 일을 따라서 좋은 것을 받아들이게 되면, 자신에게 좋은 운명을 지을 수 있다.

사람의 운명은 있었던 일이 자신 속에 쌓여서, 행동을 유발하는 것을 말하며, 자신의 앞날은 자기의 삶 속에 존재한다.

인간은 자기가 가지고 있는 업에 의해서 조종받으며, 업을
이기기 위해서는 있는 일을 통한 깨달음이 있어야 한다.

있는 일을 계속 듣고 보고 배우게 되면, 업이 힘을 쓰지 못
한다.

자기 속에 있던 일들이 무심코 한 일이나, 남에게 속아서 한
일이 업을 만드는 원인이 된다.

자신에게 있었던 일이 업이 되며, 업이 생명의 모태母胎가
되고, 모태 속에 있는 일이 계속 자신 속에서 자기의 행동을
통해서 반복하고 지배하게 된다.

좋은 씨앗은 어떤 곳에 심어도 잘 자라며, 종교인의 밭에 심
었다 해서 잘 자라는 것도 아니고, 화전민의 밭에 심었다 해
서 잘 자라지 않는 것도 아니다.

자기 속에 있는 일에 따라서 업이 되기도 하고 공덕이 되기도 하니, 있는 일을 항상 살펴보도록 노력하면 현세에 자신에게 좋은 삶을 줄 수 있는 길이 된다.

업이 인간세계에 운명을 존재하게 하는 근원이며, 자기가 모르고 받아들인 수천 수만 개의 일로 인하여, 업을 만들고 자신을 지배하게 되는 운명을 존재하게 한다.

인간의 의식은 자기 속에 존재하고 있는 업의 영향을 받기 때문에, 업이 큰 사람에게 좋은 일을 아무리 보여주고 시켜도 하지 않으려 하고 불가능한 일이다.

업이 큰 자일수록 무지한 행동을 많이 하고, 좋은 인연을 만났다가도 그 인연을 버리게 되니, 애착이 크기 때문에 죽지 않으려고 버둥거린다.

만일에 업이 커서 깨닫지 못한다면, 부자로 사는 것보다 가난하게 사는 것이 좋다.

인간이 업에서 벗어나는 길은 남에게 선업善業을 지어서, 자신에게 좋은 일이 있게 하는 일이다.

깨달음이 없이 선한 업을 쌓는 것은 거의 불가능하며, 자기속에 있는 업의 지시를 거역할 수가 없다.

이 세상에서 가장 중요한 사업은 자기를 섬기는 일이며, 자기의 앞길을 밝히고 섬기는 사업이 가장 큰 사업이다. 자기 사업은 버려두고 남보고 해달라 하면 되겠는가!

좋은 것 열 번 하다가도 나쁜 것 한 번 섞어 버리면 백약이 무효가 되는 것처럼, 약방의 감초에 보약 재료 다 넣고 비상 하나를 넣으면 그 약은 못 쓰게 된다.

자기 자신을 태어나게 하는 근원을 모태母胎라고 하고, 자신을 움직이게 하는 힘을 업業이라고 하며, 업은 모태 속에 있는 일을 계속 되풀이한다.

지옥의 길이 넘치는 것은 사람들의 마음이 어둡기 때문이요, 천국의 길이 고독한 것은 세상이 어둡기 때문이다.

지옥이 있는 것은, 다른 사람이 그 업보를 준 게 아니라, 무지가 지은 업보 때문에 존재하는 것이다.

운명의 근원은 자기 속에 있던 일들이 쌓이고 쌓여서, 그 쌓인 일들이 계속 자기 속에서 활동한다는 뜻이다.

아무리 잎이 무성해도 좋은 열매를 맺지 못한다면, 그 생명체는 한 세대를 끝으로 자기를 소멸하게 된다.

업의 활동으로 자기에게 있게 되는 일을 운명이라고 하며, 사주나 책을 통해서는 절대로 바뀌지 않지만 진리 속에서는 바뀐다.

전생에 학문을 많이 하고 과학의 세계에 눈을 떴던 사람이라면, 산속에서 태어났다 하더라도, 과거의 자기 속에 있던 일들이 자꾸 활동하려고 한다.

생명이 부활하는 것처럼, 과거 자기 속에서 지어졌던 일들도 다시 살아서 활동하게 되는 것이 운명의 근원이다.

있는 일이 모든 현상계를 있게 하는 원인이 되니, 항상 있는 일을 정확하게 확인하고 있는 일을 판단하라!

있는 일을 감정과 충동으로 처리하지 않고, 확인하는 습성이 늘어남으로 남에게 속는 일을 방지할 수 있다.

자기 속에 있는 업에 이끌려 다니기 때문에, 너희에게는 깨달은 자가 필요하다.

세상에 나타난 모든 것은 스스로 소멸하지 않고 존재하려고 하는 습성이 있다.

자기를 움직이는 근원 속에 존재하는 습관을 업이라고 하며, 업도 애착이 있으므로 쉽게 없어지지 않는다.

사람의 업이 있는 일을 제대로 보지 못하게 하므로, 있는 것을 보아도 있는 일을 알아보지 못한다.

사람이 업장을 소멸하고 자기의 삶을 통하여, 생명의 길을 열어나가는 것은 있는 일을 바로 앎으로 해서, 자신이 가지고 있는 생각과 판단과 행동을 바꾸는 것이다.

자기 업이 무엇인지 모르는 사람은, 자기에게 있는 나쁜 습성이 절대 바뀌지 않는다.

⁓

사람의 업은 자신 속에 있던 일과 행위 때문에, 있었던 일들이 자기 속에 그대로 입력된 것이 쌓여서, 계속 활동하므로 자기가 모르는 것을 받아들이지 못한다.

⁓

업의 활동은 시각과 운명과 성질이 개개인에게 존재하며, 업에 따라서 시각과 성질이 다르고 운명이 다르다.

⁓

업이 정지되면 스스로 운명을 만들고, 운명이 진행하는 대로 움직이는 게 아니라, 자기가 운명의 주인이 된다.

⁓

자신에게 열리지 않는 열매熱媒는 곧 자신의 것이 아니요, 자신에게 열린 열매에 의해서 새로운 싹이 난다.

모든 싹에서 새로운 생명이 태어나는 것처럼, 모든 자의 운명이 현재에 사는 자신으로부터 만들어진다.

업은 인과에 의해 자기에게 존재하게 되며, 업이 존재하는 한 사람은 업의 지배로부터 벗어날 수가 없다.

인간은 선행善行을 통해서 큰 업이 없는 자유롭고 순수한 영혼을 만들어 낼 수 있다.

자기의 운명이 나쁘거나 근기가 약하면, 이전 생애에 업이 크고 두꺼워서 그른가 보다고 생각하라!

세상에 존재하는 모든 현상은 있는 것들이 가진 뜻으로 만들어지며, 공덕을 짓는지, 업을 짓는지에 따라서 내세가 달라진다.

운명이란 자기가 지어서 자기가 보는 것이니, 진실을 알려고 노력하라!

사람의 운명은 자기 속에 연결되었던 일들이 그대로 죽지 않고 계속 활동을 통해서, 자기를 존재하게 하는 일을 한다.

업의 활동으로 모든 생명이 부활하는데, 이런 과정에서 자기 속에 있던 일이 운명의 근원이 된다.

자신 속에는 자기를 가지고 있기에, 밖으로 끄집어내서 세상을 바로 보게 해야 한다. 하지만 항상 자기가 가진 성질 때문에 자기를 불행하게 만든다.

너희가 볼 수 있는 것이나 볼 수 없는 것이나, 세상에 태어나면 활동을 통해서 계속해서 존재하게 된다.

자기 속에는 항상 자신을 존재하는 모태가 있는데, 안 시키더라도 자신은 계속 모태 속에 있는 일이 활동하도록 만드는 법칙이 존재한다.

한번 지어진 운명은 나고 늙고 병들고 죽게 되는 일들까지 관계하며, 심지어는 윤회의 과정에 있는 일에도 미치게 된다.

같은 물도 독사가 먹으면 독을 만들어 내고, 사슴이 먹으면 녹용이 되는 것처럼, 그 물을 먹은 물질의 소화능력과 성질에 따라서 다르니, 결과는 자기 속에 있는 일에 의해서 발생한다.

업은 과거의 자기 활동에서 존재했던 일들이 의식 속에 쌓여서 자신을 지배하게 되고, 자기의 행동과 성격과 성품이 모든 것을 존재하게 하는 업의 근원이 된다.

좋은 운명을 가진 사람은 항상 좋은 일을 하기에, 계속 좋은 결과가 나타난다.

씨앗과 싹은 한 뿌리에서 나오고, 그 씨앗이 생명으로 부활하면, 거기서 싹이 나오고 열매가 나온다. 모태 속에 있는 일에 의해서 결정되는 것과 같다.

자기 속에 있었던 일들을 업이라 하며, 계속 자신 속에 반복하는 습성을 가지고 있다.

한 번 정해져 있는 일은 자신 속에서 계속 반복 활동을 일으키게 된다.

악업惡業은 자기에게 거짓을 보이게 하고 거짓을 좋아한다. 거짓을 따르게 하고, 무엇이 잘못 보이게 하고, 성격을 발동시키는 일을 한다.

생명 속에 존재하는 업은 수없이 자기 속에 있었던 일에 의해서 세력화되어 있다.

＊

업은 자기가 보고 듣고 존재하는 습관적인 일을 말한다.

＊

사람들의 성질이 다르고 취미가 다른 것은, 의식 속에 입력된 운명이 각기 다르기 때문이다.

＊

돌감나무가 단감이 되겠다고 한다면 모든 자기를 버리고 이접을 붙이면 단감이 열리게 되는 것처럼, 업을 버리고 좋은 사람이 되는 것은 가능한 일이다.

＊

자신이 세상의 일에 대해 눈을 뜨게 되면 업을 정지시킬 수 있으며, 업의 영향이 적어지면 생명의 기운이 가벼워지니 상승효과가 있고, 업이 크면 하강하는 힘을 가지고 있다.

3

깨달음에 대하여

깨달음이란
세상일에 눈을 떠서 모든 것을 보고 아는 상태에 이른 것이며
업으로 가려 있던 모든 장애에서 벗어나
의식이 눈을 뜨는 것이다.

깨달음을 이루기 위해서는 먼저 너희가 가지고 있는 헛된 생각을 씻어 버려야 한다. 세상이 가지고 있는 진실 속에 옳고 그름이 있다.

⌒

너희가 자신을 소중하게 생각할 때, 삶 속에서 양심과 용기를 얻어서 너희를 깨닫도록 할 것이다.

⌒

깨달음은 업을 억제하는 것이고 공덕행은 업을 태우는 것이니, 사람에게 있는 일을 있는 그대로 알려주는 것이 최고의 공덕이다.

⌒

인간이 깨달아야 하는 것은 인생을 바로 알기 위해서이며, 자기 자신을 만드는 진리를 알기 위해서이다.

깨달음은 자기 잘못을 고칠 수 있고, 거짓이 없는 생활과 밝은 생각과 밝은 행동과 밝은 말이 밝은 자신의 운명을 만들고 밝은 자기의 앞날을 창조한다.

깨달음은 하루아침에 오는 것이 아니지만, 끝없는 삶을 통해서 자신의 마음을 밝혀야 근본이 밝혀져서 근본이 세상의 이치와 닿으면 깨달음이 나타난다.

세상에서 가장 큰 축복은 깨달음이며, 깨달으면 좋은 자기를 얻을 수 있고, 자신이 뛰어나면 뛰어난 만큼 자신이 좋아지면 좋아진 만큼 재물과 명성과 자신을 얻게 되고 미래가 존재하게 된다.

세상에서 가장 고귀한 길은 지혜를 얻고 깨달음을 얻는 일이다. 한 번 자신이 얻은 지혜는 영원히 자기의 삶 속에 존재하고 두고두고 내세에 그와 함께 나타나기 때문에 세상에서 최고의 보물이다.

깨달음은 네 마음의 선근善根이 곱고 아름답고 착함으로 해서 네가 착한 일을 하고 착한 자가 되고자 노력할 때, 마음에 불을 지르면 업이 타서 깨달음이 온다.

깨닫지 못한 자는 남의 것을 훔칠 수도 있고, 또한 남을 속여서 성공한다 해도 일시적인 현상에 불과하다.

깨달음은 있는 일을 보고, 어떤 일이 어떻게 해서 나타나는지 알아보는 시각을 말한다.

자기가 존재하는 목적은 자기의 소망을 위해서이고, 자기를 얻는 길은 깨달음이다.

깨달음의 길은 옳고 그름을 알아서 끝없이 좋은 것을 추구할 때, 세상에서 무엇을 하는 게 자신을 위해서 좋은 것인지를 알게 된다.

깨달음은 좋은 일을 끝없이 할 때 마음에 분별심이 더욱 커지고 마음이 밝아져서 세상의 뜻을 보게 된다.

깨달은 자가 세상의 이치에 통달하게 되면, 정치와 경제 그리고 교육이나 종교에 대한 모든 이론을 환하게 알게 된다.

자기 눈앞에 있는 사물을 볼 줄 아는 자가 눈을 뜬 자라고 말할 수가 있다.

깨달음의 조건 중에 첫째가 거짓을 버리는 일이니, 사실과 다른 일을 하지 말고, 남으로부터 듣고 책에서 본 것을 아는 것처럼 머리에 쌓아놓고 다니지 말라!

너희에게 깨달음이 필요한 이유는 깨달음만이 자기를 위험에서 건질 수 있는 길이요, 자기의 끝없는 내세를 밝은 쪽으로 이끌어 갈 수 있는 축복이기 때문이다.

너희도 부지런히 배우고 깨달아서, 너희에게 묻어 있는 업을 소멸하고, 그 열매인 지혜를 얻도록 노력하라!

깨달은 사람의 말은 항상 자신의 정신을 맑게 하지만, 모르는 사람의 말은 자기 정신을 어둡게 한다.

업이 큰 사람은 모르는 사람의 말을 잘 따라가지만, 아는 사람의 말은 따라오지 않는다.

깨달음은 업 자체의 죽음이며, 모든 것은 애착이 있기에 깨달음 없이는 업을 죽일 수 없다.

깨달으면 좋은 세상이 있고 좋은 삶이 자기에게 있으니 좋은 삶의 목적을 성취하기 위해서 생명 활동은 계속되어야 한다.

깨달음의 목적은 자기 구원이며, 세상일에 대해서 의식의 눈을 뜨면, 있는 것을 있는 그대로 본다.

자기가 바라는 삶을 얻지 못하고 현실이 고달프고 어렵다 해서 힘들고 어렵다고만 생각하지 말고 길을 찾아라!

자기를 보살피지 못하는 사람은 남을 보살필 수 없고, 자신과 남을 보살피지 못하는 자는 절대 깨달음을 얻을 수 없으니, 동물처럼 살다가 죽게 되면 인간으로 태어난다는 보장이 없다.

너희가 깨닫기 전에는 진실을 받아들이기 어렵고, 깨닫게 된다면 거짓을 받아들이기 어렵다.

있는 일을 계속 듣고 보고 배워서 깨닫게 되면, 업이 힘을 쓰지 못하게 된다.

사람들이 쉽게 깨달음에 대해서 눈을 뜨지 못하는 것은 누구나 자신들이 지어놓은 업이 크기 때문이다.

정신의 바탕은 깨달음이고, 정신의 근본은 업이며, 정신은 과거에 있었던 것들에 의해서, 자기 속에 있었던 인연에 의해 만들어진다.

눈을 뜬 자는 있는 것을 볼 수 있지만, 눈먼 사람은 있는 것을 보지 못한다. 그처럼 깨달은 자를 의식의 눈을 뜬 자라고 말하며, 깨닫지 못한 자를 중생이라고 말하며 눈뜬장님이라고 한다.

자기 자신을 깨우치려고 노력하라! 있는 일을 밝히는 일은 결코 환영받지 못하지만, 이 일이야말로 자신과 인류를 위한 길이기에 끊임없이 노력해야 한다.

인간 사회에 좋은 가르침은 문제를 사람들 속에 전달하는 것이 아니라, 문제를 충분히 이해하고 있는 일을 볼 수 있게 깨달음을 주는 것이다.

깨닫게 되고 옳고 그름의 세계에 대해서 눈을 뜨게 되면, 나쁜 것을 버리게 되고 좋은 것을 받아들이게 해서 자기를 좋게 만들게 된다.

세상일을 바로 알면 나쁜 일은 하기 힘들고 좋은 일을 해서 하는 일마다 좋은 결과를 만들어서 다른 사람에게 도움 되는 일을 할 수가 있으니 깨달음이 중요하다.

있는 것을 보고 깨달으면 자신이 바르게 살고 바른 삶으로 인해서 자기를 완성할 수 있으니, 다른 사람에게 의지하려고 하지 말고 자기는 자기에게 의지하라!

인간은 업을 가지고 있고 업의 조종을 받기에, 이 업을 이기기 위해서는 있는 일을 통한 깨달음이 있어야 한다.

부모가 자식에게 버림을 받았다고 생각한다면, 자식을 자식으로 키운 것이 아니라 상전으로 키운 것이다.

4

진리에 대하여

진리는 있는 일을 있게 하는 공식이며
이치를 말한다.

세상에 존재하는 모든 것은 이치 속에 존재하는 뜻으로 인하여 현상이 나타나는데, 이 현상을 만법귀일萬法歸一이라 설명한다.

～

자기 자신이 가진 문제도 이치를 깨달음으로써 자신을 좋은 자기로 내보여줄 수 있다.

～

밝은 세상에서 밝은 마음을 지니고 살 때, 진정한 평화가 마음속에 존재하게 된다.

～

세상의 법칙은 자기 속에 있는 일에 따라서 업이 되기도 하고 공덕이 되기도 한다.

있는 일을 항상 살펴보도록 노력하면, 현세에 자신에게 좋은 삶을 줄 수도 있는 길이 된다.

세상의 일을 이해하기 위해서는 원칙을 분명히 이해해야 한다.

일에 대하여 중요성을 느끼는 진정한 사람이 되고자 하는 자는, 어떤 일이라도 천직으로 받아들일 준비가 되어 있어야 하고, 진리를 아는 일이 매우 중요한 역할을 한다.

진리의 세계에서 보면 좋고 나쁜 것도 있는 일이 만들며, 내가 좋아지면 세상도 좋아지고 다른 사람도 좋게 만드니, 자기 자신을 버려두고 남을 구하겠다고 하면 불가능한 일이다.

진리는 사실 속에 존재하며, 진실이란 그 증거를 말한다.

세상에 있는 진리는, 인간이 세상을 속일 수는 있어도 자기 자신은 속일 수가 없으니, 복이 없는 사람은 진리를 듣기가 힘들다.

내가 할 일을 하지 않으면 그 일은 나의 불행이 되고, 내가 지킬 것을 지키지 않으면 그 일은 세상의 불행이 된다.

강도는 육체적 생명을 빼앗아 가지만, 이 시대의 종교는 영혼의 생명마저 빼앗아 가는데, 성인들이 가르치고자 했던 종교는 인간에게 선한 마음을 갖게 하는 진리를 가르치고자 했었다.

너희가 세상을 밝히는 일이 가장 큰 공덕인데, 그것은 모든 자에게 필요한 것이다. 더욱 그 가족에게 필요한 것이니 진리와 가족을 분리해서는 안 된다.

그릇된 자가 가르치는 도道는 들은 이야기에 옷을 입힌 것이
며, 선인善人의 도는 가까이 있는 생활을 보는 것이다.

인간이 사는 세상이 활동의 법칙으로 결과가 만들어지지 않
는다면, 활동하지 않는 물체는 그때부터 자기를 상실하게
된다.

활동은 세상이 생겨나면서 지금까지 존재하는 법칙이며, 누
구도 이 법칙을 피해서 살 수가 없기에 진리라고 말한다.

너희가 남에게 진리를 가르치려 할 때, 가르치기 전에 자신
이 사는 목적을 알아야 한다.

이치라는 것은, 환경이 근본 속에 있는 일들이 합쳐져서 일
어나는 변화를 말한다.

밝은 세상은 공정한 법에 있고, 어두운 세상은 그릇된 법에 있다.

진리는 현상계를 있게 하는 법칙이며, 세상의 일을 있게 하는 근원이다. 있는 일을 통해서 나타나게 하는 현상을 말하는 것이니, 진리의 가르침은 있는 일에 익숙해져야 한다.

진리는 근본의 바탕이요, 진실은 그 결과 속에 있는 근본이니, 있는 것을 있게 한 것이 진리이고, 있는 것이 진실이니, 있는 것을 보고 있는 것을 말하는 자가 진실한 자이다.

모든 진리야말로 최상의 가르침이며, 진실에 의해서 전해지는 것이다.

세상에 존재하는 것은 모두 진리 아닌 것이 없지만, 마음의 눈을 뜨기 전에 너희는 결코 진리의 뜻을 보지 못하리라!

진리의 참뜻을 모른다면 너희의 앞날의 결과도 모를 것이다.

진리 속에 있는 일들을 알면, 사람들은 스스로 자기가 원하는 삶을 만들어 갈 수 있다.

삶을 통해서 자신이 좋은 영혼을 얻어서, 내세에 끝없는 복록福祿이 있는 길을 만드는 것이 현세에서 중요한 일이다.

세상의 법은 진리를 말하는 것이며, 법 안에 일이 있고, 일 속에는 모든 법이 존재한다. 법을 알고 뜻을 알고, 뜻에 맞는 일을 하면, 자기가 원하는 것을 받을 수 있다.

법은 모든 생명체의 아버지이며, 진리는 현상에 대한 증거이다.

세상은 하나의 법칙으로 존재하며, 이 법칙은 수학처럼, 문제에 의해서 그 해답이 존재한다. 이 인과의 법은 있는 일의 결정으로 나타나게 된다.

⁓

과거에 콩 나무가 있으니, 콩에서 콩이 열리고 그 콩은 과거의 자기를 담고 있고 그 콩에서 싹이 난다.

⁓

현재는 과거로 인해서 존재하며, 과거에 있었던 자신의 결과에서 자기가 나고, 자신 속에 있었던 모든 일을 담아서 열매를 맺게 된다.

⁓

인간 사회에서 최고의 가르침과 지혜는 진리 속에 존재한다.

⁓

남을 축복하지 않는 자는 자기를 축복할 수 없는 것이 불변의 진리이다.

이 세상에 있는 진리로 뜻을 모으면 한 군데로 연결이 되니 만법귀일萬法歸一이다. 하나를 가지고 만 가지를 설명해야 하며 만 가지의 법을 이치 속에 넣고 설명할 수가 있다.

수많은 지식과 지혜가 있다고 해도, 세상에 밝히지 않는다면 어둠 속에서 살게 된다.

진리는 있는 일을 통해서 나타나게 되는 현상 자체를 말한다.

너희가 등불을 가지고도 등불을 켜지 않으면, 그곳에는 어둠만이 존재한다.

흐르는 물은 썩지 않고 거르고 걸러서, 항상 깨끗한 물이 나오게 된다.

어떤 물질도 열을 가하면, 그 열에 의해서 좋은 물질은 한쪽으로 모여서 거기서 좋은 게 자꾸 나오는 법이다.

사람들이 가지고 있는 대부분의 지식은, 오히려 자기를 망치고 세상을 그르치는 데에 이용되고 있다.

사람들은 세상의 일을 이치로 보아야 하는데, 생각으로 본다.

세상의 원칙 중의 하나는 활동의 법칙으로, 끝없는 문제가 만들어지고, 그 문제를 통해서 끝없는 일이 열리게 되어 있고, 활동하지 않는 것들은 죽게 된다.

밝은 세상을 만드는 이치는 가르침 속에 있으며, 사람이 어떤 뜻을 받아들이는지에 따라서 그 사회가 밝아지기도 하고 어두워지기도 한다.

진리는 법계의 약속이니, 손뼉을 치면 소리가 나니 이것 역시 진리 중의 하나이며, 강하게 부딪치면 큰 소리가 나고 약하게 부딪치면 작은 소리가 난다.

세상은 하나의 법칙에 의존해서 존재해 왔고, 이 법칙은 절대적으로 변하지 않기 때문에 진리라고 말한다.

자연 속에서 나타나는 현상이 진리이며, 만법에 다 통한다. 나에게서 일어나는 것은 자연 속에서도 일어나고 있고, 자연 속에서 나타나는 현상은 나에게도 그대로 나타난다.

내가 아는 것은 콩을 심은 곳에 콩이 나고, 팥을 심은 곳에 팥이 난다는 법칙이다.

세상의 법칙은 악마가 천사가 되려고 스스로 결심하고 노력하지 않는 한, 나는 악마를 천사로 만드는 법은 알지 못한다.

사람이 진리를 받아들일 수 없는 것은 진리를 경험해 본 적이 없기 때문이고, 사람은 자기 속에 없는 것은 잘 받아들이지 않는다.

너희가 노력하고 바르게 사는 것은 너희의 가장 큰 축복이다.

법이라는 것은 환경과 주변에 존재하는 인연에 의해 일어나게 되는 뜻을 말하고, 그 뜻으로 인하여 생기게 되는 진리를 말하고, 이러한 일의 존재를 법이라고 한다.

정도正道를 믿는 자는 사실을 소중하게 생각하고, 사도를 믿는 자는 사실을 소중하게 생각하지 않는다.

이치를 알면 자기의 끝없는 강하고 밝은 의식을 만들어 내고, 죽어서는 결국 영생과 극락을 얻게 된다.

진리를 알고 법을 행하면 머리가 명석하고 매우 의지가 높은 인간으로 변해서 살아서는 아무 고통 없이 풍족한 재물과 존경과 신뢰를 얻는다.

세상은 하나의 뜻으로 만들어지니, 이 뜻은 법의 활동으로 존재한다.

콩을 심어놓고 팥이 나기를 기다리는 것은 어리석은 자의 기다림일 뿐이며, 항상 콩에서는 콩이 나는 법칙이 진리이다.

정말 좋은 일이라는 것은 일하기 싫어하는 사람들에게 기술을 가르치고, 그들이 땀 흘리고 노력해서 살아가는 길을 찾아 주는 것이다.

5

진실에 대하여

진실한 자 앞에 사람이 따르지 아니함은,
아주 맑은 물속에는
일반 물고기가 놀지 않음과 같은 이치이다.

거짓말을 잘하는 사람은 머리가 좋은 사람이 아니니, 잘못
된 세상에서는 거짓된 사람을 믿지 말라!

거짓말 잘하는 사람은 그 바탕에 진실성이 약하고 부족하여
거짓말이 자연적으로 튀어나오고, 본인이 거짓말한 사실을
모르며 아주 교활하다.

거짓된 사람은 강자에게는 아주 간사하고 약자한테는 냉정
하며, 진실성이 없으므로 용기와 양심이 없어서 거짓말을
아주 잘하게 된다.

거짓을 버리는 자는 자신을 구원할 수 있지만 진실을 버리
는 자는 자신을 죽일 것이다.

너희가 후세에 영원한 복을 얻고 행복함을 남에게 보게 하고 싶으면, 오직 옳은 것을 구하고 그 참됨을 세상에 바쳤을 때, 세상은 너의 복된 생활을 보게 될 것이다.

진실을 제대로 이해하고 알려고 노력하는 것이 자기를 잘되게 하는 길이다.

무지한 자는 정精에 의존하게 되고, 깨달음을 얻으면 있는 일에 의존하게 되며, 있는 일 속에 옳고 그름이 있으니 항상 있는 일을 보고 판단하라!

너희는 있는 일을 지적하고 자신이 한 일을 지적해서, 자신을 되돌아보게 하고 자기의 잘못을 보게 해서, 앞으로 자신에게 있게 될 모든 일을 경각심을 가지고, 실수하지 않는 자신을 만들어라!

참된 가르침은 삶의 양식이 되며, 진실을 보면, 거기에 문제는 해답을 가지고 있고, 해답은 문제를 가지고 있다.

눈앞에 나타나고 있는 모든 일을 두고 있는 일이라고 말한다. 있는 일을 보고 있는 일을 듣고 있는 일을 관찰하면 진실에 눈뜨게 되는데 확인하지 않고는 알 수 없다.

너희의 눈에 보이는 것만이 진실이 아니고, 보이지 않아도 존재하는 일은 진실이니, 뜻은 보이지 않지만 뜻을 결합하면 결과를 만든다.

너희가 진실을 모르고 진리를 모르는 상태에서 배운다면 이상적인 사고의 인간을 만들게 된다.

아무것도 안 묻어 있는 안경을 꼈을 때 잘 보이는 것처럼, 아무것도 묻어 있지 않은 마음에 그 진실이 보인다.

진실은 있는 것이고, 있었던 사실이 진실이다. 현상은 뜻의 결합으로, 인연에 의해서 근본과 바탕의 뜻으로 나타나게 된다. 있는 것을 있게 하는 일들이 진리이다.

사람마다 각기 다른 진실을 가지고 있고, 하나의 사물을 다르게 본다. 진실이 같지 않을 때, 어떤 사실을 보고 같이 받아들이고 같이 이해하고 같이 판단하지 않는다.

진실이 통하지 않는 세상에서, 진리를 말해야 하는 외로움을 누가 알겠느냐! 하지만 나는 나를 알지 못하는 모든 자들을 위하여 그들을 깨워야 했다.

사람이 거짓을 말하지 않고 진실을 말하게 되면 당당해져서, 마음이 밝아지면 양심이 생기고 정의감이 일어나게 되고 끝없는 사랑이 일어나게 된다.

나는 옳고 그름을 가르치고 바른 것을 심어서, 너희의 마음을 밝히고 세상을 밝히려 한다.

좋은 마음은 사실을 들을 때 밝은 만큼 진실을 알아보는 성질이 있으며, 그릇된 마음은 어둠만큼 사실을 알아듣지 못하는 성질이 나타난다.

어떤 특정한 사람이 좋고 나쁘다는 것은, 사람이 하는 말과 행동을 통해서 알게 되고 보게 된다. 그러니 좋은 사람은 거짓을 말하지 않고 남에게 피해를 주는 일을 하지 않는다.

부처가 원하는 것은 밝은 마음과 밝은 세상인데, 바른 것이 없는 세상에 부처인들 무슨 소용이 있겠는가! 너희에게는 계속해서 이어지는 내세가 있다.

어리석은 자를 가르치는 것은 힘든 일이기에, 오직 참된 것을 구하는 자에게 진실을 전할 수 있다.

너희는 있는 일을 보고 진실의 기준을 세워야 하며, 상대방의 행동과 말과 하는 일을 관찰해서 상대를 보라!

진실을 통하여 지혜를 배워야 하는데, 깨달은 자를 통해서 배우면 더 빨리 확실하게 알 수 있다.

사람들과 말을 할 때 상대가 뭘 하는 사람이며, 어떻게 사는 사람이고 어떤 사람인지 보면서 가려 말해야 한다.

내가 좋은 것이 다른 사람에게 다 좋은 게 아니고, 내가 좋다고 생각하는 말이 다른 사람에게도 꼭 좋은 말로 들리지 않는다.

진리라는 것은 눈앞에 존재하는 현상의 근원을 말하며, 존재하는 현상의 근원을 실상이라 한다.

너희가 있는 일을 알 때와 모를 때는 그 행동에 큰 차이가 있고, 자기가 모른다는 사실을 알게 되면 그만큼 진실해진다.

사람들에게 옳고 그름을 가르치는 것은, 사회를 지키는 길이고, 국가를 지키는 길이며, 그 민족을 지키는 일이다.

사람들에게 옳고 그름에 대하여 가르친다면, 그 사회는 영원히 정의가 사라지지 않을 것이다.

아무리 많은 책을 읽었어도 진실에 대하여 알지 못하면 자신이 더욱 무지하게 된다. 무지가 큰 사회는 가장 무서운 사회이며 모든 불행의 원인이다.

거짓은 우리가 알고 있는 일 중에서 가장 경계해야 할 일이며, 자신을 망하게 하고 세상을 망하게 하는데도 사람들은 거짓에 의지하게 된다.

생명을 잃는 일은 삶을 잃게 되지만, 영혼을 잃는 일은 모든 것을 잃게 되므로 삶의 가장 중요한 일은 거짓을 경계하는 일이다.

열심히 일하고 아껴 쓰고 정직하게 사는 것이 자기를 섬기는 가장 좋은 길이며, 이러한 길을 항상 자신 속에 정착시키도록 노력해야 한다.

진실의 눈을 뜨게 되면 너희 앞에 있는 현상을 바로 보게 되고, 현상을 보고 그 현상 속에 있는 물질들을 이용해서 다른 것도 알아낼 수가 있다.

～

너희가 문제를 알아보지 못하는 상황에서 어떤 것을 판단하고 절대 심판하려고 하지 마라!

～

훌륭한 사람은 거짓말하지 않고 남에게 피해를 주지 않는 사람을 말하는 것이며, 거짓은 영혼을 죽인다.

6

의식意識에 대하여

인간의 생명은 의식과 육체로 되어 있으며,
서로 균형을 이루었을 때,
좋은 자신이 그 속에서 태어날 수가 있다.

인간의 정신은 살아가는 자기 활동으로 만들어지며, 깨달음에 의해서 사고의 변화를 가져오게 되고, 활동에서 존재하게 된다.

인간의 몸은 의식과 기관으로 이루어져 있으며, 이 기관은 의식의 수족 역할을 하면서 의식을 성장시킨다.

육체의 기관은 의식을 통해서 새로운 결정체를 만들어 내며, 이 결정체는 미래의 자기를 존재하게 하는 새로운 근본을 만든다.

인간의 영체의 삶은 물질 자체가 떨어지면 기체만 남고, 이 기체 속에 의식이 잠재해서 다시 살아있게 된다.

사람은 자기 속에 있었던 일의 근본에 의해서 미래의 운명이 결정되는데, 신체기관은 의식기관이 필요한 일을 대행해 주기만 한다.

의식은 인연을 통해서 계속 나는 것이다. 자기가 죽고 싶다고 해서 영원히 죽을 수 있는 건 아니어서 죽는다는 자체가 새로 태어나는 것이다.

인간은 누구나 육체와 의식으로 이루어져 있으며, 의식은 모든 인간 활동의 근원이며 곧 자기라고 할 수 있고, 모든 사람은 각기 다른 의식을 가진다.

인간의 생명 속에 있는 근원은 순수한 기운이며, 영체도 우리가 가지고 있는 의식에서 벗어나게 되면, 어떤 물질과 접촉을 통해서 새로운 생명으로 부활하게 된다.

인간의 영체靈體는 의식이 없어지면 근원의 세계이고, 이 생명에서 의식이 없으면 한 세대는 끝난다.

근원의 세계는 태어나는 세계이고, 죽음과 태어남의 세계이며 시작과 끝의 세계이다.

근본 세계에 가면 있는 것이 아무것도 없으며, 의식이 없으니 아무것도 존재하는 걸 볼 수가 없다.

인간의 의식이 깨어져 죽고 그 속에 있는 인자가 새로운 생명으로 태어나는 자리가 근본 세계이다.

인간의 의식은 자기 속에 있는 수백 개, 수만 가지의 인연에 의해서 만들어지고, 있었던 일은 활동을 통해서 나타나며, 모든 생명은 활동의 법칙으로 만들어진다.

있는 것도 보이지 않고 없는 것은 아닌 모든 것이 죽고 아무 것도 없는 이곳에서 모든 것이 사라지고, 다시 새로운 생명 이 태어난다.

사람의 정신은 자기의 행동과 생활 속에 나타나는 것이다. 영혼은 정신과 생활을 있게 하며, 모든 정신의 근원을 영혼 이라 하고, 나타나는 현상은 정신이다.

너희가 지어놓은 삶의 결과가 내세의 근본인 자신을 따라다 니니, 앞길은 지어놓은 대로 나타날 것이다.

인간의 영체는 자신을 크게 망치지 않으면 인간 환생이 가 능하다.

인간의 의식에서 마음이 나고 마음에서 행동이 나오며, 마 음에는 의식이 있고 의식에는 진기眞氣가 있다.

인간의 의식의 기운이 현상에 부딪히면, 반사 작용을 나타나게 하는 것이 마음이다.

인간의 마음이 밝으면 밝게 나오고 어두우면 어둡게 나오는 것이 마음인데, 비어 있는 마음에는 아무것도 없다.

의식 속에는 과거로 인하여 존재했던 모든 것이 존재해서 현실에 부딪히면 자기가 가지고 있는 과거로 인해서 존재하게 되는 성질이 발동해서 일을 만들게 된다.

의식 속에 있는 성질이 행동을 유발하고 이 행동은 다시 마음을 통해서 의식을 만든다.

영적인 건강을 얻는 법은 열심히 일하면 된다. 옳고 그름을 알았을 때 속지도 말고 남을 속이지도 않아야 하고, 부처가 되고 싶으면 큰 자비와 공덕을 베풀면 된다.

같은 종자를 심었는데 큰 잎이 나고 작은 잎이 나고, 벌레 먹은 잎이 나고 다른 색이 나오는 것은, 그 속에 잠재한 의식이 과거로부터 만들어져 다르기 때문이다.

환경은 인간의 지혜 속에 존재하니, 지혜로 환경을 만들 수 있다. 인간의 정신은 바탕이며 근본은 의식이다.

사람들의 의식은 환경의 영향을 받는데, 남에게 의지하지 않고 자기 스스로 사실의 문제를 알아보아야 한다.

많은 사람이 축복받는 일을 스스로 원하지 않는다. 이 시대의 거짓은 인간세계를 파멸시키고 멸망시키려 하고 사람들은 모든 것을 거짓 속에 맡기려고 한다.

인간의 몸은 음식의 기운을 통해서 성장하고, 의식은 자신 속에 있던 일에 의해 성장한다.

의식의 근원에 있었던 기운이 좋고 순수하면 사람으로 환생할 수 있고 영생을 할 수도 있다. 그러나 그 기운이 탁하면 짐승으로도 환생할 수 있고 지옥을 볼 수도 있는 이런 것을 육도윤회六道輪廻라고 말한다.

정신을 바꾸면 좋은 삶이 나오고, 삶 속에 좋은 결실이 나게 되기에 인간의 운명을 바꾸는 길은 깨달음이다.

몸의 양식糧食은 음식이고, 의식의 양식良識은 깨달음이니, 깨달음의 나무에서 지혜가 열린다.

생명이 나면서 과거에 근본 자체가 가지고 있는 성질이 있고, 현상에 부딪힐 때 일어나게 되는 것이 마음이다.

마음을 비울 수 있는 사람 중에 그 하나는 깨달아서 해탈한 자이며, 해탈한 자는 생각이 일어나지 않는다.

평범한 사람이 생각이 일어나지 않는다면, 의식 활동이 정지되어 사고가 부족한 기형아이거나 바보이다. 마음을 비우니까 편안하다는 말은 천치바보가 되었다는 말과 같다.

사람들이 물건을 하나 사는데도 마음이 밝아지면 좋고 나쁜 것을 빨리 구분하기 때문에, 생활에서부터 정신이 밝아진다.

사람의 기운을 통제하고 바꿀 수 있는 의식의 행위는, 사람마다 제각기 천태만상의 성격과 성품과 성질을 가지고 있다.

배나무에서 작은 씨앗을 심으면 작은 배가 나오고, 큰 배를 먹고 그 속에서 나온 씨앗을 심었을 때는 큰 배가 열린다. 근본에 따라서 항상 그 근본을 넘어설 수 있는 것은 바탕이며 좋은 땅을 만나야 한다.

마음은 행동과 밖에 있는 오감五感으로 느끼는 것을 의식으로 받아들이고, 의식이 가진 것을 내보내는 중간다리 역할을 한다.

인간의 성질의 근원은 의식에 있고, 의식의 근원은 행위로 만들어지고, 나타난 기운에 의해서 존재하게 된다.

마음은 신체를 해부해 보아도 찾을 수가 없고 근본에 붙어 있는 기운이며 근본의 뜻을 전달하는 역할을 한다.

인간은 살면서 영체를 만들어 내고, 죽으면 그 영체를 통해서 다시 태어난다.

사람들은 자신이 부족하기에 권위가 필요하다. 자기의식을 버리고 지혜 있는 사람의 근본을 받아들이는 것이 자신을 축복하는 길이다.

자신을 불행하게 하고 싶은 사람은 없지만, 무지가 사람을 불행하게 만든다.

자기

잘못 살아온 자기의 이기심을 버리는 것은 자기 성질이 발동하기 때문에 매우 어렵지만, 깨달은 자에게 듣고 배우면 세상일에 의지하게 되어 쉽게 잘못된 자기를 버릴 수 있다.

정신이 건전한 자는 건강한 생활을 얻게 되고, 생활이 건강한 자는 건강한 정신을 얻게 된다.

세상일을 존재하게 하는 원칙은, 인간의 의식 속에 존재하는 활동 때문에, 애착을 가진 사람들은 애착에 빠짐으로 인해서 한과 무지 속에 살게 된다.

현대 사회를 보면 많은 사람이 자기가 왜 사는지, 목적의식이 없이 살고 있다.

사람들은 자기의식을 상실해 버렸기 때문에, 자기가 하는 행동에 대하여 양심의 가책을 느끼지 못하고 동물화 되어 버렸다.

생명체들은 활동의 법칙으로 성장하며, 몸은 음식의 기운을 빼먹고 성장을 하지만, 영혼은 자기 속에 있는 일을 통해서 성장한다. 몸은 의식의 도구에 불과하지만, 정신은 지식을 먹고 산다,

인간의 의식 활동이 자기 속에 있는 일을 계속 받아들이고 되풀이하는 삶을 살고 있다.

인간은 생명 활동을 통해서 의식을 만드는 존재이다.

사람의 몸과 의식은 생명에서 연결되어 있으며, 의식은 몸을 조정하고 몸은 의식이 원하는 일을 해 준다.

밝은 세상을 만드는 이치는 가르침 속에 있으며, 사람이 어떤 뜻을 받아들이는지에 따라서 그 사회가 밝아지기도 하고 어두워지기도 한다.

있는 것을 알아보고 바로 판단하며 행하고 바른 결과를 얻는 것이 정신의 근원에서 나타난다. 밝은 정신으로 살며 좋은 판단과 노력과 선택이 좋은 생활을 만들어 준다.

세상은 모든 것을 가지고 있기에, 있는 사실을 보고 질문해야 한다. 숫자를 알아보지 못하고 있는 것을 알아보지 못하는 사람은 문제를 봐도 알아보지 못한다.

아는 것이 자기를 위해서 항상 도움이 될 것이고, 알고 일하면 힘도 많이 들지 않고 좋은 결과를 얻기에 깨달음이 필요한 것이다.

배고픈 사람도 생명이니 그들을 돕는 가장 좋은 방법은 어려움을 해결할 수 있는 근본적인 일을 가르쳐 주는 것이다.

인간이 자기를 섬기는 일을 포기한다면 지금 살 필요가 없다. 자기를 끝내 버리게 되어도 나약해진 영혼은 끝나지 않으며, 생명의 기운들은 흩어져 다른 생명으로, 동물이나 미물微物로 부활한다는 무서운 사실이다.

일억 원을 만 사람에게 나누어 주면 만 원이지만, 땅이 있는 곳에서 농사짓는 법을 가르쳐서 그 기술로 농사를 짓게 하면 평생 남에게 아쉬운 소리 안 하고 살 수 있다.

사람이 태어났을 때 생명의 본질 중에 육체의 결함이 있을 때는 병원에서 쉽게 확인할 수 있지만, 의식의 결함을 진단하는 것은 매우 어렵다.

사람의 몸과 의식은 생명에서 연결되어 있으며, 의식은 몸을 조정하고 몸은 의식이 원하는 일을 해 준다.

의식은 이 육체를 이용해서 자기 자신을 자꾸 좋은 자기로 만들어 내며, 자기가 원하는 것을 성취하려고 한다.

사람의 근본은 기운이 진화되어, 그 강도가 높아져서 사람으로 태어나며, 어리석은 행위는 어리석은 의식을 만든다.

자기의식을 망치면 의식에 붙어 있는 기운 자체가 소멸하는 것이 아니라 변화하는 것뿐이다.

좋은 일을 하려 했지만 실제로 좋은 결과를 얻지 못했다면 좋은 일이 아니다.

인간의 의식은 모든 인간 활동의 근원이며 곧 자기라고 할 수 있다.

사람이 깨닫지 못하고 의식이 나쁜 자가 학력만 높으면 사회에 악영향을 미치게 되며, 사람의 의식은 환경에 의하여 길들어진다.

사람마다 각기 다른 말과 행동이 존재하는 것은, 생명의 본질이 의식체이기에 생명의 본질을 알아야 한다.

농사꾼이 되기 위해서는 농사짓는 법을 배워야 하며, 그래야 좋은 열매를 얻을 수 있다.

농사를 짓는 데도 많은 문제가 존재하는데, 어떤 문제들은 작물을 해치는 수도 있지만, 작물을 왕성하게 자랄 수 있도록 촉진제 역할을 해주는 수도 있다.

모든 생명체의 근원은 지구 자체의 활동으로 존재하며, 인간은 깨달음으로 인하여 의식이 좋아진다.

세상의 일은 있는 것의 근원이 되며, 있는 일을 통해서 모든 현상을 존재하게 하고 있다.

활동은 자신을 존재하게 하는 길이며, 이 삶을 통해서 영혼을 남기게 되고 영혼을 통해서 자신은 부활한다.

사람은 누구나 자기를 가지고 있으며, 자기와 인연이 있는 쪽으로 찾아서 가지만, 의식이 망해 있고 나쁜 근본을 가진 사람은 좋은 사람이 있는 곳에는 절대 오지 않는다.

어리석은 사람들을 안타깝게 생각하고 자기를 태우다 보면 시련에 부딪히고, 그 시련에 자기 가슴이 타게 되고 업장이 녹는다.

있는 일을 알고 보면 항상 좋은 결과가 있지만, 위선자의 말 끝에는 항상 나쁜 결과가 있다.

〰

있는 것에 대하여 옳고 그름을 보게 되고, 옳고 그름을 따라서 살 때, 자신이 하는 일에 대하여 쉽게 이해하고 자신을 위로할 수 있고 어려운 세상에서도 만족한 생활을 누리게 될 것이다.

〰

너희 의식이 타고 업장이 녹아서 없어져야 세상에 와서 할 수 있는 가장 큰 축복이며, 영원한 자신을 얻는 길이다.

〰

세상에서나 사람 속에는 갖가지 의식들이 존재하고, 이 의식들은 자기 속에 있는 일들에 의해서 표출된다.

〰

이 세상에는 받아들일 수 없는 것이 있는데, 모든 물질은 자신을 존재하게 하는 성질을 가지고 있다.

너희가 진실로 세상 사람들과 부딪혀 보면 진짜 불이 날 것이다. 사람들이 얼마나 위선자이며 거짓말을 좋아하고 위험한 일을 하고 있는지 알게 된다.

자신 속에 있는 일을 실수하지 않게 하는 것이 좋은 정신이다.

세상에 있는 모든 것들은 활동의 법칙으로 자신을 존재하게 하고 얼마만큼 활동했는지에 따라서 결과에서는 다르게 나타난다.

모든 현상은 활동의 법칙으로 자신을 존재하는 길을 만들어 놓고 있다.

너희의 마음속에 가지고 있는 모든 환상을 부숴 버릴 때 사물에 대한 분별력을 얻게 될 것이다.

있는 것에 대하여 옳고 그름을 보게 되면 자신이 하는 일에 대하여 쉽게 이해하고 자신을 위로할 수 있고 어려운 세상에서도 만족한 생활을 누리게 될 것이다.

사람의 의식은 있는 일에 의해서 만들어지고, 이 일은 인연을 통해서 오며, 스스로 자기가 지은 업보와 공덕에 의해서 만들어진다.

좋은 정신을 가진 사람은 항상 어떤 생각에 모든 것을 의지하지 않고, 있는 일을 보고 있는 일에 의지함으로써 일을 잘하게 된다.

깨달음이 필요한 것은 삶을 위해서이고, 삶의 활동은 영체를 만들어 내는 길이기에, 자기가 어떤 환경 속에서 어떤 일을 했는지에 따라서 의식 속에 존재하게 되는 일들이 달라진다.

사람들은 보고 듣고 느끼는 감정이 다르고, 눈뜬 사람과 눈먼 사람이 현실에서 판단하는 가치관의 차이가 다르다.

인간의 생활 속에 존재하는 바탕은 정신인데, 정신이 밝아지면 삶이 밝아진다.

열악한 환경보다 더 큰 문제는 우리 속에 있는 의식이고, 아무리 많은 대학이 있어도 삶의 양식良識이 없는 사회야말로 가장 큰 문제가 있는 사회이다.

이상 속에서 현실을 얻으려 하지 말고, 현실 속에서 이상을 실현하려고 해야 한다. 현실 속에서 이상을 찾아야 자기의 원하는 것을 얻어내게 된다.

너희가 행동한 모든 것들이 의식 속에 내장되고, 의식에 내장된 것은 어떤 기회가 오면 자기를 표출하려고 한다.

자신이 자신을 만들고 존재하게 하니, 나는 내 의식 속에서 태어나고 나로 인하여 있는 것이다.

너희가 어떠한 질문을 할 때, 상대적인 대립이 여러 개 존재할 수 있을 때는 보지 않고 대답하지 않는 이유는, 내 말이 틀리지 않더라도 오해의 소지가 있기 때문이다.

의식 속에 있는 기술적인 정확한 지식은 그 일에 대한 지혜라고 할 수 있다.

인간의 의식은 땅과 같으며, 의식을 좋게 만들고 나쁘게 만들고 하는 것도 법칙이다.

인간은 의식 활동을 통해서 자신의 길을 만들고 존재하게하며, 이 의식 활동 속에서는 온갖 일들이 존재한다.

인간의 활동으로 인하여 좋은 길과 나쁜 길을 선택하기에, 수많은 길이 자기의 행동과 행위에서 만들어진다.

사람의 의식은 과거의 세상에 있었던 언행에 의해서 만들어진 것이다.

의식 속에서 만들어진 근본이 현실의 근원이 되었고, 생명의 근원은 현실과 만나면서 또 하나의 자기를 만든다.

너희가 자기 속에 있는 일을 알면, 세상의 일을 보게 된다. 자기의 성질과 의지와 성격과 성품이 어떻게 존재했는지 아는 일은 자신의 노력과 판단에서 이루어진다.

인체는 우리의 의식 활동을 위한 중요한 기관이지만, 인체의 기관만으로 깨달음이 없는 사람은 절대 자기를 좋은 자기로 변화시키지 못한다.

생명의 세계를 이해하기 위해서는, 의식 속에 있는 일이나 인체 속에 있는 일을 제대로 알아야 한다.

세상에서 자기에게 마지막 한 시간이 주어졌다 해도, 그 한 시간을 열심히 살면, 그것이 이 세상에 태어나서 자신이 존재하는 이유이며 자기에게 주어진 사명이다.

부모가 아무리 뛰어났다 하더라도, 자식은 뛰어나지 않을 수 있는 것은 그 근본이 다르기 때문이다.

모든 현상의 근원은 어떤 기운이 떠돌다가 어떤 물질과 혼합됨으로 인해서 새로운 생명체로 태어난다. 한번 세상에 난 것은 스스로 소멸하지 않고 존재하려고 한다.

행동은 자신 속에 있는 의식을 움직이고, 행동과 있는 일이 자신이 원하는 모든 길을 좌지우지하고 있다.

자기 속에 있었던 일의 작용으로 판단이나 생각이나 행동이 일어나게 되는 것이 잠재의식이다.

ꟿ

사람의 밝은 마음은 선한 뜻이 모여서 생기게 되고, 어두운 마음은 애착이 쌓여서 생기게 된다.

ꟿ

의식의 근원은 자신 속에 잠재하고 있던 일들에 의해서 생기게 되며, 자신에게 있던 일에 의해서 존재하게 된다.

ꟿ

자기 속에 나타나고 있는 모든 것은, 과거의 자기로 인하여 있었던 일들에 의해서 성질이나 성격이나 행동이 나타나게 되고 만들어지게 된다.

ꟿ

인간은 영혼을 만들어 남기고, 식물은 열매를 만들어 남기게 되는데, 영혼이 죽은 자리에서 새 생명의 씨앗이 태어나니, 모든 생명이 죽고 나는 자리가 근본 자리다.

사람의 정신이 밝아지면 실상이 가까워지고, 정신이 어두워 지면 결국 환상적인 생활에 더 가까워진다.

세상의 모든 것들은 잠재의식으로 존재해 왔다.

생명의 기운 속에는 의식이 죽으면 흩어져 버리지만 과거가 입력되어 있다. 사람이 태어나면 전생의 자기 속에 있던, 묻어왔던 일의 지배를 받게 된다.

몸이 없는 사람의 의식은 나무에서 떨어진 열매와 같으며, 의식이 몸을 떠나면 그것은 죽음이다.

인간의 몸을 육신이라고 하는데, 의식과 육체로 구분되어 있다. 육체는 의식이 필요한 역할을 해주고, 의식은 그 육체를 관리하고 조종하는 운전사 노릇을 한다.

생명이란 몸과 의식의 결합체인데, 몸을 자동차에 비유하면 의식은 운전사와 같다.

인간은 의식 활동을 통해서 자신의 길을 만들며, 이 활동 속에는 온갖 일들이 존재한다.

의식이 망한 사람은 남을 망치고 자기를 망하게 하는 일 외에는, 옳은 일은 절대 하지 않으려 한다.

7

윤회와 인과법에 대하여

세상은 구조 역학으로 되어 있는 법칙에
어떤 구조를 파괴하지 않는다면
항상 반복 현상에 의해서 존재하게 된다.

부처님은 진리 속에 있는 인과의 법을 밝혀서 사람들의 애착과 한에서 구하려고 했다.

＊

세상은 인과의 법칙으로 존재하고 법칙은 수학처럼 문제에 의해서 해답이 존재하며, 있는 일의 결정으로 나타나게 된다.

＊

너희는 현실에 있는 눈을 떠야 하며, 현실에 있는 일을 잘 알아보아야 잘못에 빠지지 않는다.

＊

좋은 결실을 얻고자 하는 자는 먼저 좋은 근본이 있어야 하고, 좋은 근본을 얻고자 하는 자는 좋은 바탕이 있어야 한다.

길을 가다가 보면 웅덩이도 있고 산도 있고 바위도 있으니 항상 확인하고 현실에서 있는 것을 보고 배워야 한다.

사람들은 상대방이 어떤 일을 했는지는 상관하지 않고, 자신의 의견에 반대되는지 아닌지에 따라 화를 낸다.

세상의 인과의 법에 대해 눈을 뜨지 못한다면, 사랑을 실천하기가 힘들다.

양심이 있는 사람이 하는 일은 자신이 가진 것을 남에게 주고 자신이 아는 것을 가르친다.

인간세계가 꿈꾸어 온 일들이 쉽게 이루어질 수 없었던 것은, 인간세계가 진리 속에 있던 일들을 깨닫지 못했기 때문이다.

자기 속에서 일어나게 되는 모든 원인이 인생의 도道이며, 원인이 결과를 만들게 된다.

너희는 일의 소중한 목적과 의미와 말과 행동이 어떤 결과를 만드는 원인이 되는지 깊게 생각하고 행동하라!

자기가 저지른 일은 항상 자기 속에서 영향을 끼치게 되고, 자기 속에 있는 일은 항상 자신의 활동에 영향을 미치게 된다.

양심이 없는 사람을 만났을 때는 경계하고 두려워해야 한다. 경우가 부족한 사람은 양심이 부족한 사람이니, 양심이 부족한 사람은 항상 조심해야 한다.

항상 열심히 일하는 거지는 없으니, 그냥 돈을 주는 것은 좋은 일이 아니다.

인생을 소홀히 생각하고 인생을 아무렇게나 생각한다면, 자기의 모든 미래를 포기한 것과 같다. 미래를 포기하고 어떻게 복 받기를 원하고 잘 살기를 원하느냐?

어둠은 어둠끼리 있을 때는 빛을 보고 싶다고 말하지만, 막상 빛이 들어오면 숨어버리든가 빛을 밀어낸다. 빛을 받아들이면 어둠은 깨지고 사라져 버려야 되니 어둠은 죽게 된다.

자기의 마음이 좋아지면 그 삶은 계속 좋아지는 것이고, 마음이 어둡고 불행해지면 삶은 끝없이 어둡고 불행해지는 것이 세상의 뜻이며 인과라고 말한다.

농부가 농사를 짓는 것은, 그 잎을 크게 꽃 피우기 위해 땀 흘리는 것이 아니라, 결과인 많은 열매의 수확을 위해 일하는 것이다.

나쁜 씨앗을 좋은 바탕에 심으면 내용이 좋아지고, 좋은 씨앗을 나쁜 바탕에 심으면 내용이 자꾸 나빠지는 반복 현상이 윤회이다.

자기에게 일어났던 일에 의해서, 보고 듣고 느끼고 있었던 일에 의해서, 모든 결과가 지어지는 일을 두고 인연법因緣法이라고 말한다.

나쁜 현상은 나쁜 뜻을 만들어서 계속 반복 현상이 되는 것이며, 좋은 뜻은 좋은 현상을 만들고 좋은 뜻을 나게 한다.

이 생명의 활동은 현재와 과거와 미래를 계속 맴돌고 있으며 하나의 같은 코스를 맴돌아가고 있다.

영원한 생명이라는 것은 자신의 모태 속에 있는 것을 지킴으로서 끝없이 부활시키는 일이 영생의 길이다.

법계의 일은 이치 속에 있는 반복 현상이고, 어떠한 물체가 어떻게 윤회하는지는 반복 현상의 과정을 통해서 나타난다고 설명할 수 있다.

자기를 위하는 길은 자기 속에 연결된 일들을, 좋은 쪽으로 방향을 바꿔서 있게 하는 일이다. 자기의 삶에 도움이 되게 하는 것이, 자기를 섬기는 일이고 복되게 하는 일이다.

너희의 한번 지어진 일은 깨달음이 없이는 그 테두리를 벗어나려고 하지 않는다. 그 속에 갇혀서 계속 같은 일을 되풀이하니 깨달음이 필요한 것이다.

인간은 자기 속에 있는 의지의 발동과 판단에 의지해서 살아가고 있으며, 그 의지가, 의식 속에 존재하는 일들이 모든 운명을 움직이고 있다.

116

운명은 어떤 특정한 자가 준 게 아니며, 자기에 의해서 나타나게 된 것이고 존재하게 되는 것이다.

어떤 일을 하든지 일을 들을 때는 항상 확인해야 하고, 확인은 원칙에 놓고 있는 일 속에 문제를 통해서 보아야 한다.

자기 자신을 남에게 의지하지 말고, 항상 자신이 자신에게 의지해서 자기를 완성하라! 길 안에 너희가 바라는 모든 것이, 눈앞에 존재하고 있다.

세상에는 모든 것이 윤회라는 굴레에서 반복하며, 반복 현상의 원리를 이용해서 끝없이 자신을 존재하게 한다.

모든 만물은 윤회를 통해서 끝없이 존재하고, 그 속에서 나타나고 있는 좋고 나쁜 현상들은 인과의 법칙에서 존재한다.

너희가 자신의 근기를 높이기 위해서는 옳은 삶이 필요하다.

식물도 싹이 트면 열매를 맺게 되고, 열매를 맺으면 영원히 없어지지 않고, 그 씨앗이 새로운 생명을 부활시키며, 인간 세계도 이 같은 원리에 의해서 끝없이 존재한다.

인간의 의식 속에 있는 일들이 반복되듯이, 역사 속에 있는 일들도 계속 반복된다.

하나의 생명체로 태어난 것은 사라지는 일이 극히 드물고, 변화를 통해서 윤회하며, 자기가 어떻게 살았는지에 따라서 그 속에 있는 자신의 앞날이 달라진다.

너희가 욕심내지 않고 노력한 것만큼, 결과를 열리게 하는 기도가 자기와 약속을 한 것이라면 참된 기도가 될 수 있다.

어떤 대상을 두고 이루어지게 해달라고 기도했다면, 옳지 않은 기도이며 그 요구는 욕심일 뿐이다.

이 세상에는 온갖 일이 존재하는 일이 너희에게 도움을 줄 수도 있고 피해를 줄 수도 있기에, 문제를 보고 이해하고 아 는 것이 중요하다.

윤회가 없다면 끝없는 세상도 없으며, 윤회가 존재함으로써 끝없는 세상이 존재한다.

너희는 인연을 중요시해야 하며, 그 인연은 자기가 짓고 자 기가 만드는 것이니, 절대 남을 원망하지 말며, 항상 작은 일도 자기가 속는지 안 속는지 확인해보고 모든 일을 결정 하라!

자기가 한 일이, 얻게 되는 모든 결과의 원인이 된다.

인과에 대해서 항상 중요하게 생각하고, 자기 과거로부터 전해오던 업을 그대로 짓지 않으려면 노력이 필요하다.

원칙과 문제에 대하여 인과의 소중함을 깨닫게 된다면, 말한마디 들을 때도 그 말의 진의를 알기 위해서 노력하면, 거짓말을 받아들이지 않는다.

있는 것이 없어져야만 없는 것이지, 생각으로 없어지는 것이 아니다. 그것은 자기 최면에 속는 것이다.

땅에 거름을 넣고 가꾸고 정성을 쏟으면 좋은 결실을 얻게 되기에 농사꾼은 땅을 비옥하게 만들려고 노력한다.

자기의 삶을 비옥하고 좋게 만들기 위해서 노력하지 않고는 좋은 자기를 얻을 수 없다.

너희에게 일어나게 되는 모든 행위는 과거라는 세계에서 있었던 인연에 의해서 존재한 일로부터 온다.

사람들과 인연을 맺게 되면 항상 자기가 무슨 일을 하며, 어떤 사람들과 함께 있는지 항상 생각하고 깨어 있어라!

환경은 바탕에서 하나의 원인이 있어서 만들어지는 것이며, 바탕은 주위 환경이 주는 원인에 의해서 만들어진다.

정신을 잃고 산다면 무슨 좋은 삶이 있으며, 환경이 없는데 무슨 좋은 삶이 있겠는가!

나고 죽는 모든 것들이 자신에게 있던 인연을 따라서 돌고 도니, 이것이 있어서 저것이 있게 되고 저것이 있어서 이것이 있게 된다.

너희는 인연을 중요시해야 한다. 그 인연은 자기가 짓고 자기가 만드는 것이니, 절대 남을 원망하지 말고 항상 작은 일도 자기가 속는지 안 속는지 확인해보고 모든 일을 결정하라!

세상의 일은 정해져 있고, 이 정해져 있는 일은 인연에 의해서 결정되고, 있었던 일이 원인이 되어서 모든 결과가 만들어진다.

너희가 어떤 일이 좋은 결과가 나왔을 때 좋은 일이 되는 것이고, 좋은 결과가 나오지 않으면 좋은 일을 하려고 했을 뿐이다. 결과 속에 좋고 나쁜 일이 있다.

모든 결과는 문제 속에 있으니, 자기가 원하는 문제를 찾아서 자기 속에 남길 수가 있고, 문제가 원하는 답을 찾아준다.

너희가 좋은 일을 보고자 할 때는 먼저 원인을 만들어야 하고, 궂은일을 피하고자 할 때는 문제를 만들지 말아야 한다.

세상에서 모든 결과는 원인을 가지고 있으며, 환경環境과 바탕을 통해서 나타난다.

자기의 마음이 좋아지면 그 삶은 계속 좋아지는 것이고, 마음이 어둡고 불행해지면 삶은 끝없이 어둡고 불행해지는 것이 세상의 뜻이며, 인과라고 말한다.

자기 자신은 언제나 자신 속에 있는 인연과 함께 있게 된다.

나쁜 현상은 나쁜 뜻을 가지고 오고 나쁜 뜻은 나쁜 현상을 만들어서 계속 반복하며, 좋은 뜻은 좋은 현상을 만들고 좋은 현상은 좋은 뜻을 나게 한다.

모든 만물은 윤회를 통해서 끝없이 존재하고, 그 속에서
나타나고 있는 좋고 나쁜 현상들은 인과의 법칙에서 존재
한다.

인과의 법은 어떤 것과 어떤 것이 만나서 생기게 되는 현상
을 말하며, 세상의 모든 일이 있게 되는 진리이다.

자신이 자신을 만들고 자신이 자신을 있게 하니, 나는 내 속
에서 태어나고, 나는 나로 인하여 있는 것이다.

너희가 행한 행위가 옳은 행위면 옳은 자기가 태어나며, 그
릇된 행위를 계속 지었다면 거기에서 그릇된 자기가 태어나
는 것이 새 생명의 근본이고, 윤리 과정에 있는 비밀이다.

이웃을 도울 때는 이 사람을 돕고 구하면 어떠한 결과가 올
것인지, 원인과 환경을 보고 도와야 한다.

세상은 온갖 현상들이 존재하고 있지만, 이 현상을 존재하고 있는 문제는 하나의 원칙에 의해서 결과를 만들어 내고 있다.

좋은 마음이 있어야 좋은 행이 있을 것이고 좋은 행이 있어야 좋은 결과를 얻는 것이니, 이같이 너희의 마음이 밝아지면 곧 옳고 그름을 보게 될 것이다.

좋은 길을 찾아서 한 번 자기 속에 좋은 길을 열어 놓으면, 그 길이 순간적으로 없어지는 것이 아니며, 대대손손 자신에게 그 좋은 길을 보게 한다.

인과의 법은 세상이 무슨 일이 어떻게 해서 생기고 어떻게 없어지는지, 살아가는 데 있어서 인간의 삶을 위해 가장 소중한 가르침이다.

하나의 생명체가 태어나면, 생명은 현상으로 나타나게 되고
현상은 자기의 삶을 결과 속에 남기게 된다.

아무리 좋은 농사 기술을 배워서 안다 해도 일하지 않으면,
뜻 속에 존재하고 있는 결실을 얻을 수가 없다.

세상의 일을 알고 세상 속에서 좋은 인연을 짓게 된다면, 평
화와 행복과 영생과 부활을 항상 자신 속에서 얻게 된다.

8

가르침에 대하여

좋은 스승일수록 찾는 자가 없고,
좋은 가르침일수록 배우려 하는 자가 없으며,
좋은 뜻일수록 따르는 자가 없다.

너희는 근면과 검소와 정직을 통해서 성공하라! 열심히 일하고 물질을 아껴 쓰고 절약하고 정직하게 사는 것이 가장 잘 사는 삶이다.

～

남을 속이지 않고 남에게 속지 않고 사는 것이 후회 없는 삶이다.

～

사람의 바탕은 정신이며, 정신을 깨우쳐 주는 것이 교육이다. 교육은 항상 있는 일에 대해서 세상일에 눈을 뜨게 하며 교육을 통해서 사람들은 근본을 바꾸게 된다.

～

어떤 답이 어떤 문제로 인하여 생기는지를 탐구하고 밝히는 것이 학문의 기본이다.

이 시대의 사람들은 너무 허약하기에, 의지하고 기댈 곳이 없다. 스스로 자신을 의지해서 일어서야 하니, 너무 외롭고 위험한 삶을 살고 있다.

너희가 생각해야 할 가장 무서운 적은 위선이며, 위선은 무지한 사람들의 삶을 짓밟아 버리는 가장 무서운 독이다.

성자는 인간의 무지를 깨우기 위해 자신을 희생하러 온 자이다.

옳은 일을 계속 생각하고 옳은 일을 하고자 할 때 너희의 마음이 밝아진다.

온전한 사람이 되었을 때, 비로소 온전한 생각과 온전한 일도 할 수 있다. 너희 자신이 세상일에 대한 충분한 이해를 갖지 않는 한, 세상일에 부딪히면 갈등만 생긴다.

너희가 죽었을 때 삶의 결과가 나타나고, 그 영혼 속에는 너희의 삶이 그대로 입력되어 담겨 있으니, 자신의 결과를 스스로 보게 된다.

너희가 재물은 소중하게 여겨야 하지만, 그 재물 때문에 인생을 허비해서는 안 된다.

수학 문제를 풀 때 생각만 가지고 문제를 푼다는 것은 불가능하다. 숫자를 배우고 스스로 문제를 만드는 능력이 생기면, 그 숫자로 문제를 만들게 되고, 어떤 문제가 어떤 답이 있는지 스스로 눈을 뜰 수가 있다.

인재는 양성되는 것이지만 천재는 자기 속에서 태어나며, 천재는 지혜를 가지고 있고 인재는 지식을 가지고 있다. 지식은 일시적이지만 진실은 영원하다.

배우지 않고 아는 것은 경험하는 것뿐인데 어떻게 세상일을 알지 못하는 상황에서 좋은 일을 할 수 있으며, 착하게 살라 하는 말은 악마들이 하는 말이다.

부처님은 절대 사람보고 착하게 살라는 이런 말은 하지 않고, 어떻게 하면 착하게 살 수 있는지 길을 가르쳐 준다. 길을 모르면 착하게 살 수가 없으며, 아는 자에게 배우면 알게 되고 모르는 자에게 배우면 모르게 된다.

진리가 없는 근본과 환경, 과정과 결과가 같이 존재하지 않는 종교의 가르침은 사람들을 무지하게 만들어, 아편과 같은 중독 현상을 주어서 자기를 완전하게 버리게 된다.

아무리 좋은 음식도, 그 음식이 상하기 전에 먹게 되면 몸에 보약이 되지만, 상한 후에 변질이 되고 나서 먹게 되면 독이 된다.

자기가 받아들이지 않는 것은, 자기 속에 존재하지 않으며 원인이 없는 결과는 이루어지지 않는다.

너희가 잘못된 것을 받아들이게 되면, 자기의식 속에 잘못된 것이 잠재되어 계속 잘못을 저지르게 된다.

세상에 좋은 일을 하기 위해서는, 먼저 세상 속의 일들을 알아야 하며, 이 시대에서 자기를 지키는 일은 자기를 잃지 않는 것이다.

너희는 항상 자기가 하는 일이 무엇인지 관찰하라!

진리에 의지하고, 자신이 주인공이 되어서 자기의 삶을 인도하고, 그 삶을 통해서 자신이 좋은 영혼을 얻어서 내세에 끝없는 복이 있는 길을 만드는 것이, 현세에서 가장 중요한 일이다.

있는 일을 통하여 지혜를 배워야 하는데, 깨달은 자를 통해서 배우면 있는 일을 더 빨리 확실하게 알 수 있다.

∽

좋은 세상에서는 권력이라는 게 필요하지 않으며, 질서를 유지하기 위해서 체제體制가 존재할 뿐이다.

∽

인간은 완전한 판단과 행동에 대해서 책임을 지는 자가 되어야 한다. 자기가 한 일이 자기 속에서 길을 만든다.

∽

세상에는 수많은 길이 있는데, 좋은 길을 선택하는 사람들도 있고, 나쁜 길을 선택하는 사람들도 있으며, 이 길은 자신의 행위로써 만들어진다.

∽

이 세상의 도道라는 것은 우리 생활 속에 있는 법法이며, 어떻게 했더니 어떠한 결과가 내게 돌아왔는지, 이런 일이 어떻게 있었는지를 알아보는 일이다.

너희가 억울한 일을 당했다 하더라도, 마음에 그 억울함이 남아 있는 한, 너희는 세상에서 불행한 일을 만나게 될 것이다. 그러니 착하게 살다가 억울한 일을 당했어도, 후세를 위해서 그 억울한 일을 잊고, 그 마음에 자신을 묶지 말라!

억울한 일이 있더라도 악을 용서하라는 것이 아니라 자기를 결박하지 말라는 것은 그 억울함이 자기를 크게 해치게 될 수 있기 때문이다.

사람이 생존을 위해서 직업을 갖는 것은 중요한 일이며, 자기 영혼을 구하는 것은 더욱 중요한 일이다.

돈이 없는 사람은 왜 자기는 항상 쪼들리는지, 가정에 문제가 많은 사람은 왜 가정에 문제가 많은지, 소망이 있는 사람들은 과연 삶을 통해서 소망을 어떻게 이룰 수 있을 것인지, 진실을 알아야 한다.

좋은 사람을 만날 수 없는 일은 좋은 가르침이 없기 때문이고, 좋은 세상을 만나지 못한 것은 좋은 사람이 없기 때문이다.

세상에는 온갖 길이 있으며 알면 좋은 길을 얻게 되고 모르면 좋은 길을 버리게 된다.

자식에게 돈을 남겨 주고 유산을 주려고 하지 말고 정신을 남겨 주어라!

사람을 바꾸지 않으면 사회는 바뀌지 않는다. 정의로운 사회를 만들기 위해서는 역사를 바꾸어야 하니, 역사는 영웅에 의해서 바꾸어질 수 있다.

세상에 있는 모든 것들은 자기를 가지고 있고, 자기와 맞지 않는 것은 스스로 선택하지 않는다.

자기의 일을 소중하게 생각하는 사람은 남을 속이지 않으니, 있는 일이 좋은 스승이며 있는 일을 아는 것이 가장 좋은 가르침이다.

모를 때는 알려고 노력하는 것이 최고의 방법이며, 알지 못하는 것을, 추상적인 자기 생각에 의존해서, 아는 것처럼 하는 것은 매우 불행한 일이다.

너희는 자기 속의 잘못된 모든 것을 버려야만, 진정 옳은 것을 배울 수가 있다.

문제는 자기에게 있는데 전부 숨겨두고, 자신 속에 있는 문제를 알려고 하지 않고, 자신이 만들어 자신이 가진 문제를 엉뚱한 곳에서 풀려 하니, 그 해답을 찾을 수 없을 때가 많다.

독사에게 물을 먹여서 우유가 나오는 일은, 있지도 않고 있을 수도 없는 일이다. 독사는 물을 먹고 독을 만드는 기관을 가지고 있고, 소는 물을 먹고 우유를 만드는 기관을 가지고 있으니, 있는 일을 확인하고 소중하게 생각하라!

정에 얽매이게 되면 문제가 많고, 옳고 그름을 보고 살면 문제가 없으니 열심히 일하고 남한테 속지 않으려고 노력하라! 속지 않으면 자기가 일한 몫은 자기 손에 다 들어올 것이다.

너희가 말이 가진 사실관계를 이해하지 못할 때는 그것을 알기 위해서 계속 노력해야 한다.

문제를 모를 때는 충분히 이해할 때까지 질문을 통해서 자신이 들은 이야기가 세상의 뜻과 맞는지를 확인하면서 살아가라!

이 세상에는 고정된 것은 없으며, 어떤 문제를 바꾸면 거기에 답答과 결과는 바뀌게 되어 있는데, 이것이 아는 자의 가르침과 모르는 자의 가르침의 차이다.

너희가 잘못했으면 잘못했다고 인정해서 빨리 짐을 벗어 버려야 한다. 깨닫지를 못하니까 잘못해 놓고도 그 잘못한 것을 억지로 우겨서 가려 하니 결국 남을 속이게 되고, 자기 속에 그대로 쌓이게 된다.

9

행복과 축복에 대하여

인과는 세상의 길이니
내가 내 마음을 깨우쳐서 인과를 알고자 하는 일은,
세상의 가장 큰 축복을 얻는 길이다.

행복은 자신에게 있는 일에 의해 만들어지며, 행복이란 외
롭지 않고 배고프지 않고 근심 걱정이 없는 삶을 말한다.

행복과 불행은 현재의 일에만 매달려 있는 것이 아니고, 사
후의 세계와 끝없는 내세로 이어진다.

인생을 아는 게 축복이 되기도 하지만, 의지가 약한 사람에
게 있어서는 많은 고뇌의 대상이 되기도 한다.

부처님의 자비慈悲는 나쁜 일을 용서하는 것이 아니라, 무지
한 자를 깨우쳐서 올바른 삶을 살아갈 수 있도록 축복하는
것이다.

부처의 말씀은 축복의 시작이니, 이제 말씀을 전하는 것은 축복의 씨앗을 나누어 주는 것이며, 분수대로 받아서 잘 심고 가꾸면 반드시 좋은 꽃을 보고 열매를 얻을 것이다.

너희가 하는 일은 육체가 아닌, 앞날에 존재할 의식 속에 쌓이게 되고, 의식은 다시 변화를 통해서 새 생명으로 태어나서 앞날에 만나게 될 행복과 불행의 원인이 될 것이다.

너희는 삶의 잘못으로 인해서 죽은 영혼을 고달프게 할 수도 있고, 삶의 축복으로 인해서 그 영혼은 평화를 얻을 수도 있다

진정 옳은 것은 사람의 말에서 존재하는 것이 아니고, 어리석은 자의 믿음 속에 존재하는 것도 아니며 오로지 결과를 통해서 나타나게 된다.

사람들은 행복을 찾으려 하지 않고, 마음의 평화를 이루려 하지 않고, 엉뚱한 곳에 가서 기대하고 바라며, 거짓말쟁이는 거짓 속에서 모든 것이 얻어지기를 바라고 있기에 세상은 지옥 같은 것이다.

너희는 세상의 현실과 자신이 맞지 않을 때 좌절감과 절망감이 생기지만, 소망과 의지와 노력으로 스스로 극복해야 한다.

능력 있는 자가 돈 벌어 가난한 사람 나누어 주는 게 좋은 일이라면, 일할 필요가 뭐 있겠는가!

한 사람의 인재는 수천만 명을 먹여 살릴 수 있지만, 수백만 명의 거지는 한 사람을 먹여 살릴 수 없으니, 자기가 배가 고픈데 누굴 먹여 살릴 수 있겠는가!

생명을 가진 모든 것은 살아 있고, 이 삶의 세계에는 말로 표현할 수 없는 축복의 길도 있지만 수많은 함정이 도사리니, 이 세상의 함정으로부터 자기를 지키고 축복의 세계로 인도하기 위해 깨달음이 필요하다.

있는 일을 통해서 자신을 축복하는 길이 있으며, 진리란 있는 일을 통하여 나타나게 되는 결과를 말한다.

세상에서 인간은 좋은 가르침을 만났을 때 좋은 자기를 그 속에서 얻을 수 있으며, 이렇게 배우고 행하는 일은 삶의 가장 큰 축복이다.

인과의 법은 같은 과정을 거쳐서 끝없는 변화 속에 존재하게 되고, 좋아지고 나빠지는 이러한 과정이 끝없이 존재한다.

세상에서 가장 큰 축복은 생명이다. 자기가 태어났고 자기가 태어났기 때문에 존재하며 희망도 세상에 있다.

욕망을 가진 사람은 자기의 생각에 의지해서, 수단과 방법을 가리지 않고 자신이 원하는 바를 이루려고 하니, 너희는 애착을 버리고 소망을 가져라!

소망을 가진 사람은 있는 일을 통하여 문제를 풀려고 노력한다.

근면과 검소와 정직함을 통하여 먼저 좋은 마음과 좋은 자신을 나게 하는 것이, 행복을 얻는 길이며 법칙이다.

세상에서 가장 소중한 것은 자기이며, 자기를 아는 자만이 남을 진정으로 사랑할 수 있다. 자기를 모르는 자는 절대로 남을 돕고 사랑하는 일을 할 수가 없다.

세상 사람들의 마음이 모두가 나를 버린다 해도, 내 마음은 그들을 버릴 수가 없었으니, 그들은 나의 유일한 희망이요, 내 삶의 전부였기 때문이다.

눈을 뜬 자가 본 것은 세상이고, 눈을 감은 자가 보는 것은 환상이니, 사람들이 깨달은 자를 따르지 아니함은 그 가르침이 사실뿐이기 때문이다.

눈먼 사람은 없는 것을 갖고 논쟁하고, 눈을 뜬 자는 있는 것으로 논쟁한다.

깨닫지 못하면 세상은 업보가 큰 세상이고, 깨달으면 축복이 큰 세상이다.

축복은 결과 속에 있으며, 아무리 좋은 일을 하고자 했지만 결과 속에 좋은 일이 없다면 축복이 아니다.

행복과 삶의 보람은 자신이 책임을 져야 하고, 깨어서 좋은 길을 찾고 좋은 마음을 가지고 좋은 삶을 살면, 분명히 살아서도 죽어서도 내세에서도 축복이 존재할 것이다.

너희가 세상에서 아무리 많은 물질과 권력을 얻었다 하더라도, 자기를 잃는 데 비하면 그것은 아무것도 아니다.

있는 일을 통해서 자신을 축복하는 길이 있으며, 진리는 일을 통하여 나타나게 되는 결과를 말한다.

생사 해탈이라는 것은 업을 사赦함이고, 이 업을 사하기 위해서는 자기를 태워야 한다.

자기를 태우는 것은 양심과 용기와 끝없는 사랑이 있어서, 자기를 시련과 좌절 속에 던져서 그것을 완성할 수 있다.

부처의 말씀을 얻는 것은 축복의 시작이니, 말씀을 전하는 것은 축복의 씨앗을 나누어 주는 것이다. 분수대로 받아서 잘 심고 가꾸면, 반드시 좋은 꽃을 보고 열매를 얻을 것이다.

너희는 생명의 축복을 삶에서 얻을 수 있고, 삶의 축복은 깨달음을 통해서 얻을 수 있다. 깨달음은 생명을 통해서 삶의 보람을 얻어야 하고, 자신이 하는 일을 통해서 얻는다.

10

자기완성과 구원에 대하여

영생과 부활과 평화와 행복은
좋은 자기가 있는 곳에 있으며,
모든 구원久遠은 자기 속에서 이루어져야 한다.

너희가 사람을 깨우쳐서 그 사람이 삶의 길을 알고, 훌륭하게 살아가는 법을 알게 되고, 다른 사람에게 전한다면, 세상은 자연히 사람이 살기 좋고 밝은 세상으로 변하게 될 것이다.

인생은 자기완성을 위해서 필요한 것이고, 삶 속에 있는 일을 알고, 삶 속에 있는 좋은 인연을 짓고 받아들임으로써, 자신을 진실한 자로 변화시킨다.

삶의 가장 큰 목적은 자기완성에 있으며, 깨달음을 통해서 가능하다. 자기를 위해서 배우고 깨우쳐서 더 나은 자기를 만드는 것이며, 만물의 영장인 사람이 해야 할 일이다.

너희의 가슴속에 있는 업이 타면 의식은 밝아지는데, 진기眞
氣가 쌓여서 자기를 완성할 수 있다.

진실의 기운은 세상일을 있게 한 모든 현상의 근원이기에,
업장의 소멸은 좋은 자기를 만드는 가장 좋은 길이다.

성인聖人들은 인간 완성의 길을 인간에게 보여주고자 했기
때문에 성인이라고 불린다.

공덕으로 인하여 양심과 용기가 생기게 되고, 양심과 용기
는 하늘의 뜻으로 해탈을 이루어 자기완성을 보게 된다.

현상의 세계에서는 생명 활동이 시작되고, 결과의 세계에서
는 영체가 존재한다. 근원의 세계에서는 모든 것이 죽음으
로써 새로운 세상이 열리고 태어나는 길이다.

삶의 가치는 자기완성에 있는 것이며, 너희는 또다시 태어날 것이다. 죽음은 일시적이고 죽음보다 더 소중한 것은 진실이며, 진리는 영원하다.

삶을 위해서 가장 소중한 것은 깨달음이다. 자신은 삶을 통해서 완성되기에, 삶은 자기를 망하게도 하고, 자기를 완성시켜 줄 수도 있다.

너희가 영원한 생명을 얻을 수 없는 것은, 삶이라는 과정에서 존재했던 일을 통해서 자신에게 있게 하는 업의 활동으로 인해서이다.

인간 완성은 자신을 지키고 자신을 구하고 자신을 일으키는 행위를 말하고, 깨달음을 통해서 있는 것을 보게 되고 자신을 바르게 살게 되는 것이 인간 완성의 출발이라고 말할 수 있다.

이 세상은 하나의 뜻 속에 존재하는데 그 뜻을 얻으니 온갖 현상이 나타나며, 극락에 가고 영생을 얻는 것도, 부자가 되고 재앙을 만나는 것도, 모든 것이 나로 인해서 생긴다.

세상과 자기의 마찰로 가슴의 업이 타는데, 사람은 최고의 근기를 가져야 하고, 그 근기는 세상이 움직일 수 없는 양심과 하늘도 꺾지 못하는 용기가 있어야 가능하다.

깨달음을 얻기 위해서는 먼저 사랑을 배워야 하며, 깨달음의 성취는 있는 것을 보는 것이고, 자신을 바르게 살게 하는 것이니, 깨달음은 자기를 구원하는 길이다.

너희가 내 말을 듣고 깨달음이 있다면, 세상을 위해서 크게 빛을 낼 수 있지만, 나에게 와서 내 말을 들어서 암기만 하고, 외운 것으로 남과 좌담하면서 이기는 것은, 세상에서 아무런 의미나 쓸모가 없다.

깨닫기를 거부한다면 무지에서 벗어날 수도 없을 것이고, 이상과 꿈속에 살아서 삶을 헛되이 버리면 자기를 구원할 수 없다.

너희가 부처의 길을 알고자 하는 것은, 삶을 통해서 세상에서 얻게 되는 한을 마음에 쌓지 않고, 자기의 마음을 밝혀서, 자기완성을 보는 것이다.

삶은 자신을 위해서 살아야 하고, 자기완성을 위해서 살아야 하는데, 세상을 섬기는 삶이 가장 바람직하다.

너희는 열심히 일하고 풍족한 수확을 얻어서 자신도 잘 먹고 이웃에게 나눠주며, 좋은 행위를 통해서 좋은 마음을 얻는 것이 진정한 선善이며 구원의 길이다.

11

사랑에 대하여

양심은 마음을 밝히는 길이요, 정의는 세상을 밝히는 길이니,
사람들이 세상에 나서, 밝은 마음을 가지고 밝은 세상에서
살 수 있다면 그보다 더 큰 축복이 어디 있겠는가!

양심을 망치는 자는 정의를 지키지 못할 것이요, 정의를 버리는 자는 양심을 지키지 못할 것이다.

～

너희가 사람들에게 어떻게 살면 영생을 얻게 된다는 것을 확실히 알게 하면, 그들은 바르게 살아갈 수가 있다. 많은 공덕을 쌓아서 영원한 생명을 얻을 수가 있다.

～

깨달은 자는 아무것도 아는 것이 없기에, 사실을 바로 볼 수 있고 사실을 바로 판단할 수 있다.

～

지혜를 가진 자는 있는 일을 보고 자기 의사를 표출하지만, 지혜가 없는 자는 감정에 의지해서 자기 생각을 말한다.

인간세계에서 중요한 가르침은 정의이고, 정의를 아는 자만이 사랑을 알 수 있다.

자신의 마음을 불사를 수 있는 길은, 오직 사랑이라는 행동으로 존재하게 된다.

있는 일을 배워서 남에게 가르쳐 주는 것만이 가장 큰 공덕을 짓는 일이고 세상을 밝게 하는 일이다.

축복이란 땅에다가 거름을 넣는 역할을 하기에 삶 속에서 자기 앞날의 일들이 결정된다.

너희가 외롭지 않고 배고프지 않고 어둡지 않은 생활 속에서 행복의 문은 열린다. 행복은 이러한 조건 속에 있고, 행복한 삶을 얻었을 때 그 삶을 축복하는 것이 사랑이다.

사랑이란 어떤 대상에 대한 축복을 말하는 것이다. 자기 자신의 축복을 만들고, 그 축복을 다른 사람에게 나누어 주어야 한다.

너희는 애착을 소망으로 바꾸고 한을 사랑으로 바꾸어라!

진실에 대해 눈을 떠서 이웃의 불행이 보면, 안타까움이 쌓여서 세상과 부딪힐 때 불이 생기게 되고, 그 불을 자기 속에 지펴야 사랑이 일어난다.

사람들은 온갖 애환과 고통과 외로움과 절망적인 많은 일을 겪으면서도 진정으로 벗어나려고 애쓰지 않는다.

모든 사람은 자기 속에 자기를 가지고 있기에 스스로 깨달음을 위해 노력해야 한다.

사랑을 남에게 실천할 수 있고, 사랑을 알게 될 때 정의의 소중함을 모든 사람은 깨닫게 된다. 이 정의와 사랑은 인류를 구원하고 자기를 구원하는 길이다.

용기는 사람의 의지를 보고 말하며, 의지가 큰 자는 어려운 일도 당황하지 않고 부딪혀서 해결하려고 한다.

의지가 약한 사람은 쉬운 일도 두려워하고 겁을 내고 피하려 하니, 이러한 일 속에서 사람의 의지를 보고 용기라고 말한다.

너희가 양심만 있고 용기가 없으면, 세상을 이길 수 없고 자기를 이길 수 없다.

인간이 되는 길은 양심과 용기를 자기 속에 있게 함으로서 가능하며, 인간이 되지 않고는 절대 깨달음을 이룰 수 없다.

양심을 망치는 자는 정의를 지키지 못할 것이요, 정의를 버리는 자는 양심을 지키지 못할 것이다.

너희가 깨달아서 자기를 구하는 일들을 하게 되고 진정한 인생을 찾으면 사랑과 평화나 행복이 존재하게 할 수가 있다.

진실을 모르고 무지하게 살다 보면 양심과 정의가 실종되며, 양심과 정의가 실종된 세상은 마음이 어둡고 세상일이 어둡다.

내가 자기를 버리지 않는 것은 세상을 밝히기 위해서이고, 세상을 밝히기 위한 노력은 자기를 지키기 위해서이다.

자신이 세상을 사랑해야 공덕功德이 세상에서 이루어질 것이다.

너희가 알아야 하는 것은 사랑은 축복하는 것이며, 축복은 봉사로부터 있는 것이다.

먼저 인간이 되어야 하며, 옳은 마음이 없이 옳은 자신과 옳은 인연을 지을 수 없고 옳은 자기가 날 수가 없다.

너희가 어떤 봉사로 어떤 축복을 했는지에 따라서 어떤 대상에 대해서 축복을 주었다고 말할 수 있다. 너희가 봉사하고 싶다면 먼저 사랑과 축복에 대해서 배워야 한다.

내가 남을 업고 있기가 괴로우면, 남도 나를 업고 있는 것이 괴롭다는 것을 생각해야 한다.

세상은 원칙에 의해서 존재해 왔고 존재해 갈 것이니, 요행에 목을 매달지 마라!

한 번 자기 속에 존재하게 되는 일은 쉽사리 없어지는 것이 아니며, 계속 활동을 통해서 영향력을 미치려 한다.

인간은 올바른 행동을 통해서 인간의 길을 만들고, 인간 사회의 큰 가르침을 남기는 것이 도덕道德이다.

천국에 이르는 것도 지옥에 이르는 것도, 모든 일들이 현실 속에 있던 일에 의해서 결정된다.

자신을 사랑하지 않는 자는 남을 사랑할 수 없으며, 내가 남을 사랑하는 것은 나에게도 큰 이득이 있다.

영원한 자신을 얻기 위해서는 깨달음이 있어야 한다. 깨달음을 얻는 데 가장 큰 길이 사랑이기 때문에 사랑은 위대하다.

성인들의 올바르게 살라는 말은, 왜 존재하는지 관찰하여 진실을 앎으로써 자기 삶이 불행에서 벗어나 축복받게 한다.

자아 완성의 길은 자기 생활 속에 있는 자기의 문제를 발견하고 소망을 찾아 사랑을 실천하는 삶을 사는 것이다.

자신의 마음을 불사를 수 있는 길은 오직 사랑이라는 행동으로 존재하게 된다.

너희가 업을 제거하기 위해서는 끝없는 사랑을 가져야 하며, 진실에 대하여 눈을 떠야 한다.

남을 진정으로 위하다 보면 상대는 엇갈리게 나가는 수가 있다. 하지만 좋은 마음으로 대했기 때문에 증오가 생기지 않고 안타까움이 쌓인다.

배고픈 사람에게 밥을 주지 말라는 말은 절대 안 하지만, 밥을 주라는 말도 할 수가 없다. 옳은 일일 때는 해도 좋지만, 옳지 않은 일일 때는 해서는 안 된다.

∽

사랑을 알기 위해서는 양심이 있어야 세상과 부딪힐 때 불이 생기게 되고, 불을 자기 속에 지피기 위해서는 진실에 눈떠야 한다.

∽

너희는 사랑을 실천할 때 이치를 먼저 깨달아서, 이 일은 해야 할 일인지 심사숙고해서 하라!

∽

인간 세상에서 가장 중요한 가르침은 정의와 사랑이다.

∽

정의란 있는 일을 밝혀서 속거나 억울한 일을 당하는 일이 없는 밝은 사회를 만드는 일을 말한다.

세상에 정의가 없으면 도덕이 설 수 없고, 도덕이 없으면 윤리는 설 수 없으며, 정의가 존재하지 않는 사회는 도덕이 존재하지 않는다.

너희가 항상 공덕 있는 일을 할 때는, 세상을 위해서 옳은 일인지 상대를 위해서 옳은 일인지 알아야 한다.

사랑을 실천하기 위해서는, 말과 행동이 업을 만들고 한을 짓기도 하고 공덕을 짓기에, 항상 생각한 후에 실천하라!

세상의 일을 알고 행할 때 진정한 공덕행이 정신의 밑거름이 되어서 좋은 자기를 나게 하고, 한이 없는 삶과 원하는 축복을 얻게 된다.

인간은 선행善行을 통해서 큰 업이 없는 자유롭고 순수한 영혼을 만들어 낼 수 있다.

진정한 용기는 망설이는 것이 아니라, 앞에 당한 일을 스스로 부딪혀 해결하는 것이다.

의식 속에 있는 업은 사랑의 불이 없으면 제대로 제거할 수 없다.

사람들이 너희에게 은혜를 입고 그 은혜로 인하여 자기 속에 있었던 원한을 씻을 수 있었다면, 그것은 너희의 공덕에 의해서 일어난 것이다.

영생보다 더 높은 차원은 극락으로 가게 되는데, 업이 완전히 없어져야 갈 수 있는 곳이다.

불행한 자를 만나거든 그에게 빵을 주려고 생각하지 말고 그가 일할 수 있도록 인도하라!

너희에게 번뇌와 망상이 일어나는 고리를 끊어버리고 생각이 없이 항상 있는 일을 보고 있는 일 속에서 편안함을 얻게 되는 상태를 열반涅槃이라 말한다.

너희의 가슴속에 있는 업이 타서 의식이 밝아지는 이유는 진기眞氣가 쌓이기 때문이며, 이 진기는 세상일을 있게 한 모든 현상의 근원이기에 업장소멸은 좋은 자기를 만드는 가장 좋은 길이다.

오늘날 우리 사회에는 사람들에게 공덕심을 요구해서 물질을 거두고 거기에서 온갖 악을 만들어 내고 어둠을 만들어 사람들을 어둡게 하고 있다.

자기 자신이 어떤 일을 하는지도 모르는 사람이 남을 가르치고 남의 문제를 풀어 주는 것은 업을 짓는 일이며, 스스로 배워서 남에게 축복되는 일을 하면 공덕을 얻는다.

자신의 마음을 불사를 수 있는 길은, 오직 사랑이라는 행동으로 존재하게 된다.

너희가 세상과 이웃을 위해서 자신의 마음을 태우게 되면 비로소 업장소멸業障消滅이 가능하며, 업장을 소멸하게 될 때 너희는 영원한 생명을 얻게 될 것이다.

사랑을 실천하고 세상에서 공덕을 짓는 가장 훌륭한 방법은 사람을 깨우치게 해서 그의 앞길을 축복해 주는 것이다.

너희는 자신이 모르는 일은 하지 마라. 옳고 그름을 알고 난 후에 공덕심功德心도 행할 수 있으며, 눈뜬장님이 남의 말만 듣고 어떻게 공덕심을 얻을 수가 있겠는가?

너희는 대접받을 생각하지 말고, 끝없이 남을 섬기려고 노력할 때 그 결과를 자기 자신이 얻게 된다.

너희가 큰 소망을 가지고 나의 곁에 온다면 양심과 용기를 얻게 될 것이다. 양심과 용기에 따라 살면 과거의 나쁜 자기를 죽이고 새로운 자기를 얻게 된다.

동양에서는 도덕道德을 최고의 가르침으로 생각하고, 서양에서는 사랑을 그리고 불교에서는 공덕을 최고의 가르침으로 생각하니, 도덕이나 사랑이나 공덕은 같은 뜻이며 다른 말이지만 근본은 똑같다.

이 세상에 의로운 일을 하는 것이 공덕이 되지만, 의로운 일을 하고자 할 때는, 일의 결과를 알고 해야 한다.

자기가 모르고 하는 일은 무지의 일로서, 너희는 정의로운 결과를 원했지만, 그로 인해서 의롭지 못한 결과가 생길 수 있기에, 너희가 한 일이 공덕이 되지 않을 수 있다.

사람을 깨우치는 일이 가장 큰 공덕이라고 말할 수 있으며, 너희는 사랑을 실천하는 사람이 되어라!

진실이 없는 자에게, 진실이 이루어지지 않은 상황에서 평화나 행복이나 사랑은 절대 존재하지 않는다.

자연 속에서 나타나고 있는 모든 현상은, 자기의 열매 속에 전부 입력시키고 있다.

자식을 키울 때는 옳고 그름에 눈뜨게 하고, 열심히 일하고 판단하는 지혜를 주면 성공할 것이며, 애착을 갖고 기도한다고 성공하는 건 절대 아니다.

자기가 한 일로 인하여 자식이 잘되었다고 하면, 그 자식에게 좋은 사랑을 전한 것이다.

자기가 한 일이 자식에게 해를 끼쳤다면, 무지한 애착을 가진 것에 불과하니, 세상을 사랑하기 위해서는 옳고 그름에 눈 떠야 한다.

좋은 열매를 얻기 위해서는 땅을 가꾸어야 하는 것처럼, 너희가 좋은 행을 했을 때 좋은 의식이 생기게 된다.

진정 자기를 사랑한다면 너희는 대접받기를 원하지 말며, 남을 위해서 자기의 가슴을 태워야 하는 것이 자기를 구하는 유일한 길이다.

사랑이란 축복이며, 돈을 주는 것은 물질보시이고, 이웃에게 살아가는 길을 가르쳐 주는 것이 법보시法報施인데, 석가모니는 물질보시보다도 법보시가 공덕이 크다고 말했다.

도덕이란 올바른 행동이 큰 덕을 쌓는다는 뜻이다.

인간 완성을 위해서는 깨달음도 필요하지만, 자기를 지켜줄 환경도 필요하다.

세상과 자기의 마찰로 가슴의 업이 탄다. 사람은 최고의 근기를 가져야 하는데, 그 근기는 세상이 움직일 수 없는 양심과 하늘도 꺾지 못하는 용기가 있어야 가능하다.

정의는 세상을 밝히는 길이며, 사랑은 그 세상에 있는 것들을 축복하는 일이다. 정의가 없으면 사랑은 볼 수가 없고 사랑이 없다면 누구도 정의를 세우지 않는다.

사랑은 행동을 통해서 세상에 축복되는 일을 받아들이고 전하고 실천하는 일을 말하므로, 사랑은 업을 지울 수 있는 유일한 열쇠이고, 업은 이 사랑이 없이는 지워지지 않고 사라지지 않는다는 사실관계를 가지고 있다.

너희가 사랑을 행동으로 옮겨서 실천하고 세상에 공덕을 짓고 사랑을 베풀기 위해서는, 좋은 마음이 있어야 하고 좋은 근본이 있어야 가능하다.

인간세계에 가장 중요한 길이 정의와 사랑 속에 있다는 것을 너희는 항상 잊지 말아야 할 것이니, 이웃을 축복하는 사람이 되고 세상의 일을 축복하는 사람이 되어라!

정의가 빛이라고 한다면, 정의를 잃으면 빛을 잃어버린다는 의미이므로 그 속에서 보고 배울 수 있는 것은 정의이고, 정의로운 사회에서 양심을 바로 세울 때 평화를 얻을 수 있다.

정의가 없는 상황 속에서는 사회를 좋은 세상으로 만들기 위해 아무리 많은 법을 제정한다고 해도 오히려 인간 사회의 삶을 더욱 힘들게 하는 기이한 현상을 낳게 한다.

깨달음을 얻기 전에 알아야 할 것은 사랑이며, 사랑을 배우기 위해서는 먼저 정의를 배워야 한다.

❧

인간 사회에서 정의가 살아 있어야 한다는 것은, 좋은 삶을 살아가고자 하는 사람들의 희망이다.

❧

너희가 업을 제거하기 위해서는 끝없는 사랑을 가져야 하며, 진실에 대하여 눈을 떠야 한다.

❧

너희는 사랑을 실천해야 하지만, 어두운 세상에 업이 큰 사람들에게 진실을 알려 주어도 그 말을 받아들일 사람들이 몇이나 되겠는가!

❧

사실 속에 있을 행行을 통해서 있게 되는 결과를 법보시라고 말하며, 5에 5를 더하면 10이 될 때 이 과정에 있는 일을 법칙이라 한다.

날마다 깨어져도 안 되는 일을 하는 것이 사랑이다. 이 사랑을 통해서 자신이 깨달음을 얻을 수 있고, 미래의 세상을 축복할 수 있으며, 많은 사람을 깨우칠 수 있기에 이 일을 실천해야 하는 것이다.

어떤 일이 존재함으로써 어떤 일을 있게 하는지 사람들에게 알리는 것을 법보시라고 말하며, 이것이 세상에서 가장 큰 사랑이다.

양심과 정의는 한 사회를 구성하는 기초적인 바탕이다. 이런 바탕이 없으면 사회는 큰 힘을 이룰 수 없다.

한 알의 씨앗을 땅 위에 심었을 때, 바탕은 씨앗의 성장에 영향을 행사하며, 환경은 바탕을 일구어주고 지키는 데 절대적인 영향을 행사하고 있다.

자신이 자기를 버리지 않는 것은 세상을 밝히기 위해서이고, 세상을 밝히기 위한 노력은 자기를 지키기 위해서니, 자기가 세상을 사랑하지 않는 한, 공덕은 세상에서 이루어지지 않을 것이다.

〰

정의는 자동차를 움직이는 동력의 근본에 비유될 수 있다.

〰

정의가 존재하는 사회에서는 자기의 생각으로 자기가 알지 못하는 일을 주장하지 않고 옳은 것을 주장한다.

〰

정의가 없는 사회에서는 옳고 그름이 없기에 능력 가진 자가 능력을 발휘할 수 없다.

〰

깨달음을 얻기 위해서는 먼저 사랑을 배워야 하며, 깨달음의 성취는 있는 것을 보는 것이고 자신을 바르게 살게 하는 것이니 깨달음은 자기를 구원하는 길이다.

지은이 이삼한李三漢

1942년 2월 21일(음) 경남 하동에서 화전민의 아들로 태어나, 제대로 교육을 받지 못하고 독학으로 지식을 쌓았다. 홀어머니마저 여의고 극도의 가난과 멸시 속에서 자신을 추스르며 세상에 대한 안목과 경험을 쌓아 나갔으며, 사업에서도 성공을 거두었다. 나라와 민족에 대한 자신의 역할을 고민하면서 제8대, 제10대 국회의원 선거에 출마하였고, 대중당 부산시당 위원장을 역임하였다. 정치현실과 사업에서 좌절을 맛보고, 자신과 인간의 내면을 성찰하는 시간을 통해 1984년 12월 최고의 깨달음을 이루었다.

1988년부터 아시아 전법 여행을 시작하여 인도, 티베트, 스리랑카 등을 방문하였고, 특히 태국에서는 제1왕사 프라이안 성본과 대담하기도 하였다.

1989년에 부산 달마원을 개원하여 정기법회를 시작하였으며, 1992년는 실상학회를 창립하였고, 1998년 잡지『자연의 가르침』창간호를 발행하였다.

1990년부터 옥스퍼드 등 유럽의 유명 대학에서 강연하였다.

2007년에는 칼텍공과대학, MIT공대, 프린스턴대학, 스탠포드대학, 뉴욕대학, 버클리대학, 예일대학, 하버드대학, 콜롬비아대학, NASA 등에서 기후변화 및 중력에 관한 강연을 하였다.

2008년 8월 12일 말레이시아 쿠알라룸프에서 별세하였다.

엮은이 최준권(원덕)

삶의 의미를 찾지 못해 방황하다 늦은 나이인 1985년에 출가하였다.

범어사 강원을 졸업하고 부산불교교양대학에서 강의하다가 지식으로서의 불교에 한계를 느끼고 단식수행, 탁발수행, 묵언수행 등을 하였다.

마침내 진실한 스승을 만나 가르침을 받고 작은 깨달음을 얻었다. 이후 미국으로 건너가 세상을 스승으로 삼고 20여 년간 만행했다.

2020년 하와이에서 유튜브 활동을 하다가 2021년 가을 모든 여정을 끝내고 귀국, 스승의 가르침을 정리해서 출판을 준비하는 한편, 회고록과 소설 등의 집필 활동에 진력하고 있다.

타타가타(TATHAGATA)

초판 1쇄 인쇄 2023년 3월 15일 | **초판 1쇄 발행** 2023년 3월 22일

지은이 이삼한 | **엮은이** 최준권 | **펴낸이** 김시열

펴낸곳 도서출판 자유문고

　　　(02832) 서울시 성북구 동소문로 67-1 성심빌딩 3층

　　　전화 (02) 2637-8988 | 팩스 (02) 2676-9759

ISBN 978-89-7030-166-2 03810　값 12,000원

http://cafe.daum.net/jayumungo